WARRIORS

貓戰士 外傳之I

藍星的預言(上)

Bluestar's Prophecy

艾琳・杭特 (Erin Hunter) 著
高子梅、羅金純譯

晨星出版

由衷感謝 凱特・卡里

見習生　（六個月大以上的公貓，正在接受戰士訓練）

羽鬚：淡琥珀色眼睛，有著長翳鬚、像羽毛彎度尾巴的淡銀色公貓。

花掌：琥珀色眼睛，淺玳瑁色母貓。

白掌：瞎了一隻眼睛的淺灰色母貓。

貓后　（正在懷孕或照顧幼貓的母貓）

捷風：黃色眼睛的白色母虎斑貓，與蛇牙生下小豹（綠色眼睛的黑色母貓）和小斑（琥珀色眼睛的黑白色公貓）。

月花：淺黃色眼睛的銀灰色母貓，與暴尾生下小藍（藍眼睛的藍灰色母貓）和小雪（藍眼睛的白色母貓）。

罌曙：有濃密的尾巴和一雙琥珀色眼睛，毛髮很長的暗紅色母虎斑貓，與風翔生下小甜（綠色眼睛，有玳瑁色斑的白色母貓）、小玫瑰（灰色母虎斑貓，粉橘色尾巴）、小薊（暗琥珀色眼睛，灰白相間的公虎斑貓）。

長老　（退休的戰士和退位的貓后）

草鬚：黃色眼睛，淺橘色公貓。

糊足：琥珀色眼睛，有點笨拙的棕色公貓。

雀歌：淺綠色眼睛，玳瑁色母貓。

各族成員

雷族 *Thunderclan*

族長　**松星**：綠色眼睛，紅棕色的公虎斑貓。

副手　**陽落**：黃色眼睛的亮薑黃色公貓。

巫醫　**鵝羽**：淺藍色眼睛，有斑點的灰色公貓。見習生：羽鬚。

戰士　（公貓，以及沒有子女的母貓）

石皮：灰色公虎斑貓。

暴尾：藍色眼睛，藍灰色公貓。

蛇牙：黃色眼睛，雜色的棕色公虎斑貓。

褐斑：琥珀色眼睛，淺灰色的公虎斑貓。

雀皮：黃色眼睛，體型龐大的暗棕色公虎斑貓。

小耳：琥珀色眼睛，耳朵很小的灰色公貓。見習生：白掌。

鶇皮：綠色眼睛，胸前有閃電狀白毛的沙灰色公貓。

知更翅：琥珀色眼睛，精力旺盛，胸前有薑黃色斑塊，體型嬌小的棕色母貓。

絨皮：毛髮老是倒豎的黑色公貓。

風翔：淺綠色眼睛，灰色公虎斑貓。見習生：花掌。

斑尾：淺白色母虎斑貓。

風族 *Windclan*

族長　楠星：藍色眼睛、毛色帶點桃紅的灰色母貓。

副手　蘆葦羽：淺棕色公虎斑貓。

巫醫　鷹心：黃色眼睛，帶有斑點的暗棕色公貓。

戰士　曙紋：身上帶有乳白色條紋的淡金色虎斑貓。見習生：高掌。

紅爪：深薑黃色公貓。見習生：波掌。

高尾：黑白色公貓。

長老　白莓：體型較小的純白色公貓。

河族 *Riverclan*

族長　霰星：毛髮豐厚的灰色公貓。

副手　貝心：灰色花貓。

巫醫　棘莓：藍色眼睛、有黑色斑點的漂亮白色母貓。

戰士　波爪：毛色銀黑相間的公虎斑貓。

木毛：棕色公貓。

鴞毛：毛色棕白相間的公貓。

獺潑：毛色白色與淺薑黃色相間的母貓。

貓后　白莖：淺灰色母貓（小曲和小橡的母親）。

憩尾：淺棕色母貓（小灰和小柳的母親）。

長老　鱒爪：灰色公虎斑貓。

影族 *Shadowclan*

族長　**杉星**：腹毛白色、毛色非常暗灰的公貓。

副手　**石齒**：牙齒很長的灰色公虎斑貓。

巫醫　**賢鬚**：有著長翦鬚的白色母貓。

戰士　**鋸皮**：體型龐大的暗棕色公虎斑貓。

狐心：毛色鮮豔的薑黃色公貓。

鴉尾：黑色的母虎斑貓。見習生：雲掌。

蕨足：淺薑黃色公貓，但腿部是深薑黃色。

拱眼：眼睛處有很密的條紋，暗色條紋的灰色公虎斑貓。

冬青花：暗灰白色的母貓。

貓后　**羽暴**：棕色的母虎斑貓。

池雲：灰白色母貓。

長老　**微鳥**：體型嬌小的薑黃色母虎斑貓。

蜥蜴牙：有一根鉤狀牙齒的淺棕色公貓。

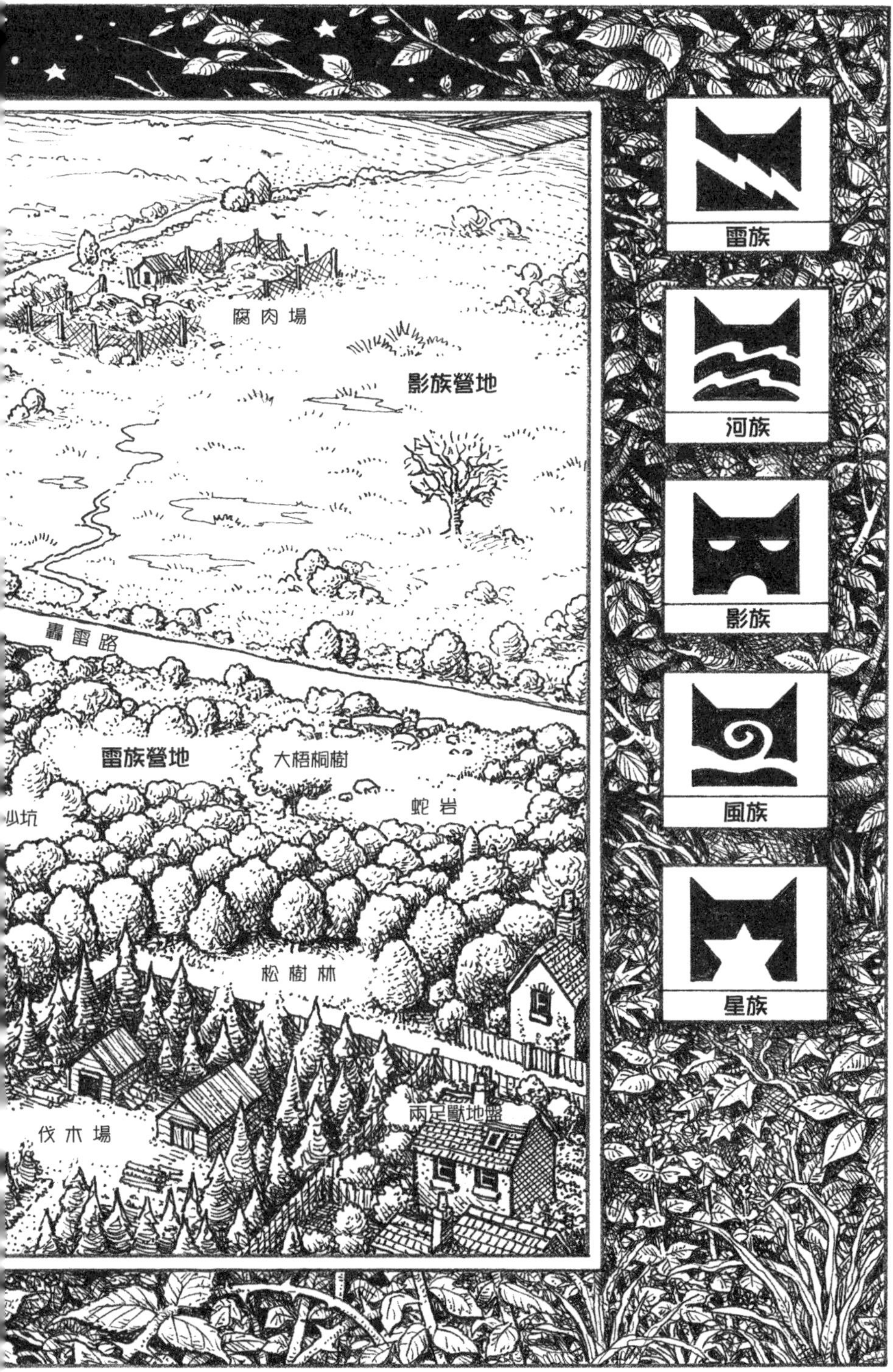
腐肉場
影族營地
轟雷路
雷族營地
大梧桐樹
蛇岩
少坑
松樹林
兩足獸地盤
伐木場
雷族
河族
影族
風族
星族

高聳岩
大麥的
農場
風族營地
四喬木
瀑布
貓頭鷹
樹
河
流
陽光岩
河族營地

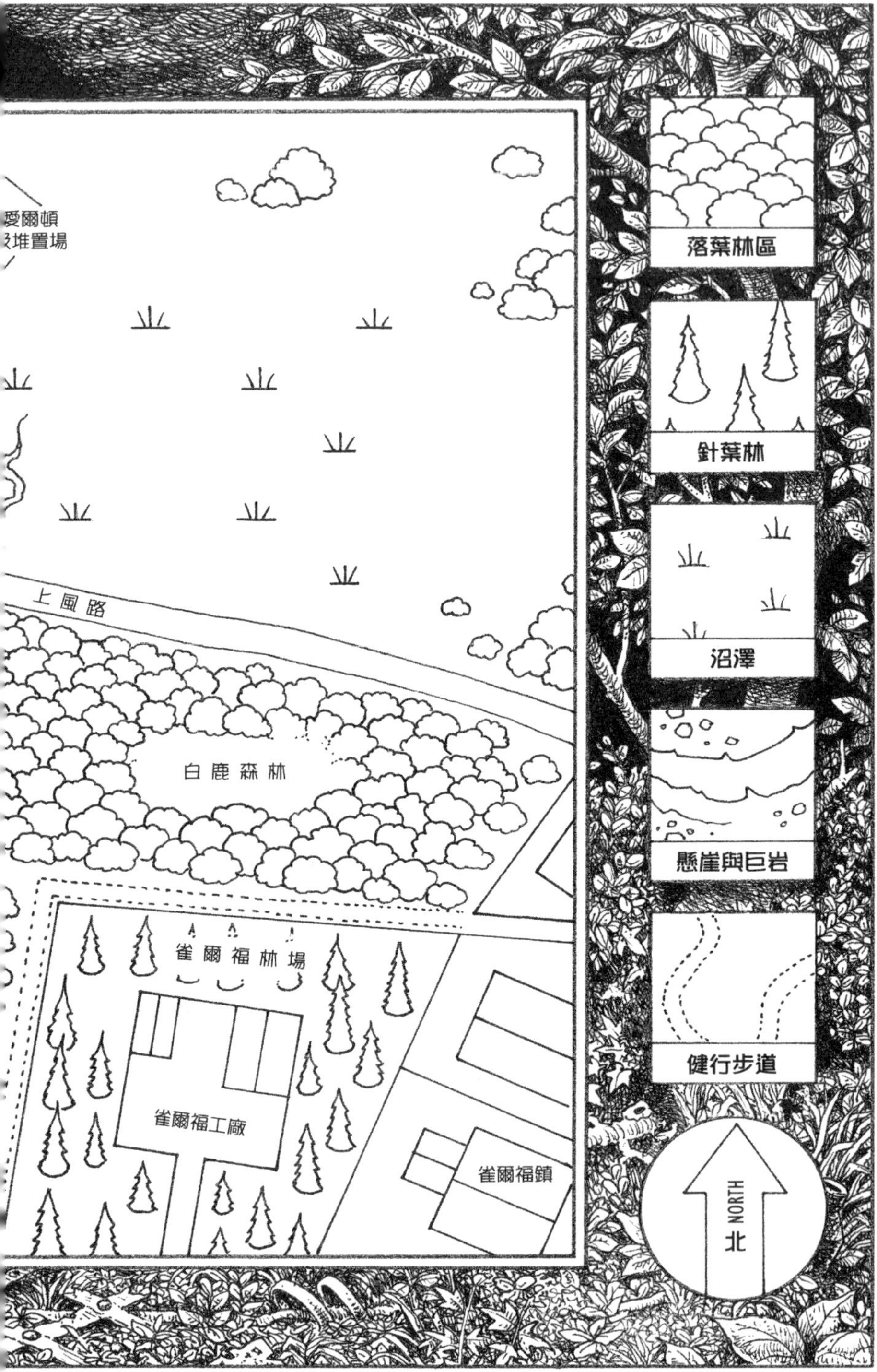

愛爾頓
堆置場
上風路
白鹿森林
雀爾福林場
雀爾福工廠
雀爾福鎮
落葉林區
針葉林
沼澤
懸崖與巨岩
健行步道
NORTH
北

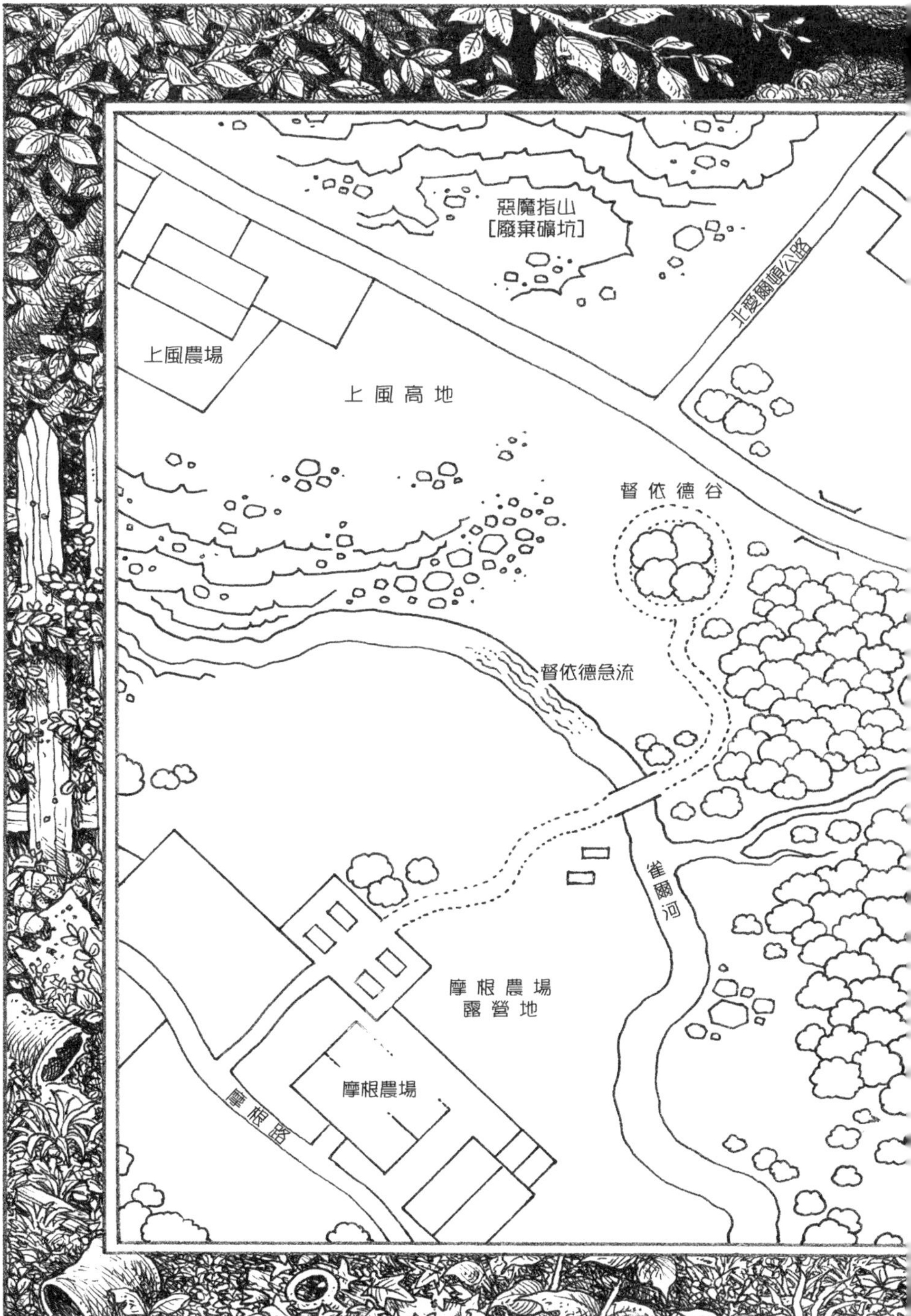
惡魔指山
[廢棄礦坑]
北麥爾頓公路
上風農場
上風高地
督依德谷
督依德急流
雀爾河
摩根農場
露營地
摩根農場
摩根路

序章

藍星在坡頂緊急煞住腳步，野狗的嗆鼻臭味瞬間嗆進喉嚨。山坡底下的窄溝有暗影成群移動，羊齒植物窸窣搖晃。火心的橘色毛髮像火焰一樣在青蔥草木間飛梭，持續與狗群保持適當距離，但那帶頭的狗首領正脫離隊伍，就快追上雷族副族長。

不！不可以！你不能把他當成獵物！

藍星衝下斜坡，大口吸入空氣，血脈賁張地穿梭於林間，腳爪在鋪滿落葉的林地上連跑帶滑，飛奔進入羊齒植物叢裡，蕨葉不斷拍打她的臉，遮住視線。快到峽谷了。她聽見急水墜落灰色峭壁的聲響。火心真的有辦法引誘那群狗衝進懸崖嗎？要是狗首領先逮到他，那該怎麼辦？

她從蕨叢裡衝出來，手忙腳亂地煞在崖前，腳爪打滑，葉片飛彈而落進深淵峽谷。

不，星族！

火心正被狗首領的森森利牙叼在嘴裡，雷

族副族長死命掙扎，呸口叫罵。那條狗仍在甩著嘴裡的火心，眼裡閃著得意的凶光，笨重的大腳不知死活地在臨崖處興奮踩踏。

「我不會讓你毀了我的雷族！」藍星怒吼，立即衝向施暴者，用頭直接撞擊對方腰腹。

狗首領甩下火心，驚訝轉身。

藍星蹲下身子，利爪出鞘、雙耳充血，但毫不害怕。她已經有好久沒有這麼生氣勃勃過。她朝對手的口鼻猛力揮掌，卻撲了空。狗首領從她身邊閃過，後腿落腳處的土塊突然崩落，碎石不斷沿峭壁往下墜落。狗首領四隻腳一陣亂扒，想抓住什麼，但後腿懸空，前腳只能踉蹌地在布滿落葉的林地上奮力掙扎。

狗群隆隆逼近。

「藍星！」火心出聲警告。

藍星卻移不開眼，兩眼仍緊緊盯著狗首領的驚駭眼神。狗群開始衝進她身後的蕨叢，朝他們群衝而來。

空氣中猛然爆出恐懼的氣味，藍星伸爪緊緊抓住鬆軟的地表。衝過來的狗群赫見峽谷，緊急在崖邊減速，吼聲頓時化成哀號。藍星緊抓地面，深淵下方傳來淒厲哀號，第一隻狗墜落，砰地一聲撞擊崖壁，過了一會兒，就聽見物體的垂直落水聲。

藍星瞇眼緊盯狗首領。「誰叫你敢威脅雷族！」她嘶聲吼道。

狗首領的頭突然往前一伸，猛地咬住她的前腿。她被他的重量拖累，一直往懸崖外滑動，直到她墜落，風在四周呼嘯，灌進她的毛髮。下方河水洶湧奔騰、水花四濺。她在冰冷的空氣中絕望地揮動四足，終於在落水之前甩掉那隻狗。

冰冷的河水重重撞擊她的身體，力道之大，連肺裡的空氣都被擠了出來。她什麼也看不見，只能在急流裡掙扎，妄想吸口空氣，驚恐莫名。鵝羽的預言在她心裡熊熊燃燒：**水會毀了妳。**

厚重的毛髮泡在水裡，害她的身體變得很重，不斷下沉。四面八方的河水洶湧翻騰，她根本不知道該從哪裡浮出水面。她的肺急需空氣，而恐懼像火焰一樣炙烤她全身。她快淹死了，淹死在這白浪翻飛的峽谷惡水裡。

不要放棄！一個清楚又熟悉的喵聲穿透河水的怒吼。

橡心？

她孩子的父親正在她耳邊低語。**就像在林子裡奔跑，交給腳就行了，抬高下巴，河水會幫妳浮起來。**

他的聲音似乎正幫忙慢慢抬起她的身體，撫平她的惶惶不安，她發現她的腳正在水裡規律划動。原本驚慌失措的心也因下巴抬高而平穩下來，直到感覺風拍打在臉上，才終於可以用力咳嗽和嘔吐，她趕緊趁機吸入一大口空氣。

就是這樣，橡心在她耳畔低語。

他的聲音聽起來好溫柔、好舒服。也許就讓河水將她載走，繾綣在他柔軟的毛髮裡吧。

藍星，快游！快向岸邊游！橡心的喵嗚聲變得尖銳。**我們的孩子在等妳。**

我們的孩子！這個念頭如閃電擊中她。

妳不能對他們不告而別。

藍星一鼓作氣，再次奮力划水。一個暗影撞上她，害她沉入水中，她拼命划出水面，水灌進嘴裡，嗆到喉嚨，她用力咳出。一條狗的屍體在水中載沉載浮地翻滾，從她身邊流過，往下游沖去。

連狗都游不上岸，我又怎麼可能辦得到？

她在水裡隨波打轉，頭頂樹影若隱若現。

妳辦得到！橡心鼓勵她。藍星用力拍水，但四隻腳已經筋疲力竭，感覺像浸濕的葉子，發揮不了任何作用。

突然不知誰的牙齒一把叼住她的頸背。是橡心來救她嗎？藍星用力眨著眼睛，擠掉眼前的水，總算看見橘色的毛髮。

火心！

雷族副族長已經抓住她。

「把頭抬高！」

藍星試著幫忙減輕他的負擔，但毛髮太重，四肢無力動彈。火心雖然咬住她的頸背，但河水仍拖住她不放。

這時不知誰輕輕刷過她身邊。

是另一條狗嗎？

不知道又是誰用牙齒再次咬住她的頸背，還用腳從腹部將她往上推。

她感覺到身邊貓兒的動作既溫柔又堅定。是星族來帶領她了嗎？

她幾乎是沒有意識地在水中任由他們拖行，直到小石子磨到毛髮，才感覺到下方有硬實的地面。那些爪子和牙齒繼續將她往砂岸拖，最後將她放在柔軟的草地上。她的胸部像壓了塊石頭，呼吸困難。她的眼睛積水，感覺刺痛，什麼也看不見。

「藍星？」

她聽出霧足的聲音。**石毛呢？他也在嗎？**

「我們兩個都在。」一隻強而有力的腳掌按住她的腹側。

橡心說得沒錯。他們的孩子都在等她。

藍星勉強睜開眼睛，隱約看見石毛的身影，綠色樹影下依稀可見他寬闊的肩膀。**他真像他父親。**霧足站在他旁邊，濕漉漉的毛髮黏在身上。

藍星感覺到頰邊有誰正呼著熱氣。

「她沒事吧？」她的女兒出聲問道。

火心低下身子。「藍星，我是火心。沒事了，妳已經安全了。」

藍星幾乎聽不見他在說什麼，兩眼直盯著自己的孩子。「你們救了我。」她低聲道。

「噓，不要說話。」霧足勸她。

可是我有好多話想說！藍星勉強撐起頭。「我想跟你們說點話……我希望你們原諒我當初將你們送走的決定。」她用力咳嗽，口吐白沫，但仍提起力氣繼續說。「橡心告訴我，灰池會是個好母親。」

「她是。」霧足冷冷答道。

藍星不安地縮起身子。「我欠她太多。」她希望能一口氣把話說完。「我也欠橡心很多，他把你們教育得很好。」她以前為什麼不找機會和他們說呢？「我看見你們慢慢長大，全心效忠對你們有養育之恩的部族，於是我就想，要是我當初做了不一樣的決定，你們也會這樣效忠雷族。」她劇烈顫抖，想吸入更多空氣。「原諒我。」

她望著自己的孩子，卻見他們互看一眼，神色猶豫，時間似乎跟著靜止。**請原諒我。**

「當初的決定讓她一直很痛苦。」火心代為求情。「請原諒她吧。」

別求他們！如果是被迫的，原諒就沒有意義了。她希望火心別再說下去。

霧足低頭舔舔藍星的面頰。「我們原諒妳，藍星。」

「我們原諒妳。」石毛附和道。

藍星閉上眼睛，她的孩子開始舔她的濕毛髮。自從她在那年下雪天，將兩個孩子留給橡心之後，這是他們三個母子第一次如此親密。

她此生再也無憾。火心可以取代她點燃新的火苗，照亮這座森林。雷族安全了。她閉上眼睛，沒入昏暝的黑暗中。

第一章

「她應該睜開眼睛了吧？」

「小聲點，捷風，她才出生一天而已，等她想睜開，就會睜開了。」

小藍感覺到母親月花的粗糙舌頭正在舔她的腹側，於是她往那充滿奶香的腹部更挪近了點。

「小雪今天早上就睜開眼睛了。」捷風提醒她。「而我那兩個孩子幾乎都是一出生就睜開眼睛。」這隻母貓用尾巴撥撥自己的臥鋪。「小豹和小斑是天生的戰士。」

一聲輕柔的喵嗚從第三隻貓后那兒傳來。「哦，捷風，我們都知道沒有一隻小貓比得上你們家那兩隻。」罌曙輕聲揶揄。

一隻小小的腳爪輕戳小藍的腰腹。

小雪！

小藍發出不高興的喵嗚聲，往月花更偎近了點。

「別這樣嘛，小藍！」小雪在她耳邊小聲

說。「有好多東西可以看喔，我好想去外面，可是月花要我等妳準備好了，才可以出去。」

「等她覺得時間到了，自然會睜開眼睛。」月花斥責道。

對，等我覺得時間到了，小藍深有同感。

ᔦᔦᔦ

小藍醒了，感覺到妹妹壓在她身上。月花的肚子在旁邊規律起伏。捷風正在打呼，瞿曙的呼吸則有點喘。

小藍聽見小豹和小斑在外頭窸窸窣窣地說話。

「妳當老鼠，我當戰士。」小斑下令道。

「我上次當過老鼠了！」小豹反駁道。

「才沒有呢！」

「有！」

突然一陣扭打的聲音，同時夾雜幾聲不願屈服的尖銳叫罵聲。

「小心一點好不好?別到處亂滾！」一隻公貓凶惡罵道，他們才噤聲了一會兒。

「好吧，妳當戰士。」小斑同意道。「可是我敢打賭，妳抓不到我的。」

戰士！

小藍從小雪底下鑽出來。新葉季的微風輕輕拂過刺藤叢圍成的天然籬笆，不時從葉縫裡灌進來，那是新鮮的森林氣味，就像她父親親自來訪時身上的味道一樣，驅走了窒悶燥熱的青苔、奶騷及毛髮味。

小藍的爪子因興奮過度而微微抽動。**我將來要當戰士！**

這是她生平第一次睜開眼睛，刺眼的陽光從頂篷的刺藤縫隙透進來，害她眼睛眨呀眨的。育兒室好大哦！在她睜開眼睛前，一直以為窩裡好小好舒服，而現在卻看見頭頂的刺藤篷好高好高，外頭藍天斑駁可見。

罌曙側躺在牆角，原來她是隻暗紅色的虎斑貓，有一條很長很蓬鬆的尾巴。小藍之所以認出她是因為她的味道聞起來和捷風、月花都不一樣。她身上沒有奶香味，也沒有小貓。不過她看不太出來睡在罌曙旁邊的捷風究竟長什麼樣子，因為捷風將整個身子縮成一團，鼻子塞在尾巴底下，墊在底下的蕨葉被她的白色虎斑毛皮緊緊壓住。

至於最熟悉的氣味全來自後方。小藍蠕動身子，轉了過來，凝視母親。陽光斑駁灑在月花銀灰色的毛髮上，腰腹處的暗色條紋如波浪一樣在金燦的陽光下緩緩起伏。那張長著條紋的臉看起來很窄，耳尖線條非常優美。**我看起來像她嗎？**小藍轉頭看看自己身上的毛，蓬蓬的，不像月花那麼光滑，而且毛色暗灰，沒有條紋。**還沒長出來吧**。

小雪大字型地仰躺在地，全身雪白，只有耳尖是灰的。

「小雪！」小藍低聲道。

「什麼事？」小雪眼睛倏地睜開。是藍色的。

我的眼睛也是藍色的嗎？小藍好奇地想。

「妳眼睛睜開啦！」小雪跳了起來，立刻清醒。「我們可以去外面了！」

小藍在刺藤圍籬叢那兒發現一個洞，大小剛好夠她們兩隻小貓鑽出去。「小斑和小豹已經在外面。我們去嚇他們！」

瞿曙抬起頭來。「不要走太遠。」她疲睏地咕噥道，隨即轉頭將鼻子塞進尾巴底下。

「瞿曙的小貓呢？」小藍低聲問。

「要再兩次月圓才會來。」小雪答道。

從哪裡來？小藍偏著頭。**從哪裡來？**

小雪正笨拙地爬過月花，往小洞走去。小藍也從母親的背上溜下來，四隻短腿不知所措地踏在柔軟的青苔上。

臥鋪一陣沙沙聲響，小藍只覺得有隻柔軟的腳掌按住她尾巴。「想去哪裡？」月花醒了。

小藍轉頭，朝母親眨眨眼睛。「外面。」

月花的眼睛頓時發亮，發出很大的喵嗚聲。「妳眼睛睜開啦！」聲音聽起來好像總算放心了。

「我覺得時間到了。」小藍驕傲地說道。

「捷風，妳聽，」月花轉頭，很得意地叫醒白色虎斑貓后。「我早告訴過妳，等她想睜開眼睛的時候，就會睜開了。」

捷風坐起來，舔舔腳掌。「當然囉，我那時只是在想我的小貓很早就睜開眼睛了。」她用腳爪搔搔口鼻，順順鼻子上的毛。

月花轉頭對她的小貓說。「所以妳現在要出去看看世界了嗎？」

「不行嗎？」小藍喵道。「小豹和小斑都在外面。」

「小豹和小斑已經五個月大了，」月花告訴她。「他們比妳大多了，所以才能到外面玩啊。」

小藍瞪大眼睛。「外面很危險嗎？」

月花搖搖頭。「營地裡不會。」

「那我們可以去啊！」

月花嘆口氣，低下頭來，用舌頭舔舔小藍的毛。「我想妳們早晚都會想離開育兒室的。」她仔細打量小雪。「把鬍鬚整理好。」這位貓后的琥珀色眼睛亮了起來，非常得意。「我希望妳們漂漂亮亮地走出去見族裡的貓。」

小雪用舔濕的腳掌順順兩邊的鬍鬚。

小藍抬頭望著母親。「妳要跟我們一起出去嗎？」

「妳希望我跟妳們一起去嗎？」

小藍搖搖頭。「我們要出去嚇小斑和小豹。」

「所以他們是妳的第一個獵物囉。」月花的鬍鬚動了動。「那就去吧。」

小藍蹦蹦跳跳地趕了上去。

「小心別被其他貓踩到哦！」月花在後面喊道，這時小藍已經衝到妹妹前面，準備要鑽洞。「妳們兩個別走散囉！」

小藍鑽出育兒室，刺藤刮著她的毛，好不容易才連爬帶滾地鑽到外面，眼睛卻被陽光刺得好痛。她眨呀眨的，想適應強光，營地像夢境一樣在眼前慢慢打開。她看見一片開闊的沙地，盡頭有座大岩石，在地上拉出好長的黑影，幾乎快觸到她的腳爪。兩名戰士坐在岩石下方的蕁麻地上分享獵物。再過去是一棵橫倒在地的樹，地上橫生一堆亂七八糟的枝葉，看起來像是好多隻瘦巴巴又沒長毛的腿。離育兒室幾條尾巴之外的地面上，長著一株枝葉茂密的矮灌木，育兒室的另一側角落叢生著許多羊齒植物，再後面是金雀花形成的天然屏障，它高到小藍必須伸長脖子，才能看見它的最頂端。

她興奮到腳爪微微刺痛。這是她的領地！她能摸熟這裡的環境嗎？

沒看見小斑或小豹。

「他們跑去哪裡了？」她朝小雪喊道。

小雪環顧營地。「我不知道。」她心不在焉。「妳看那堆獵物！」原來她正在瞪看空地角落的那堆禽鳥和老鼠，最上面有一隻肥滋滋又毛茸茸的松鼠。

「是新鮮獵物堆欸！」小藍蹦蹦跳跳地朝獵物堆跑去，鼻頭不停抽動。她在育兒室裡聽貓后們聊過獵物，也在母親的身上聞過松鼠的氣味，只是不知道吃起來的味道如何？她的鼻子探進獵物堆裡，試著用腳爪抓出一隻尾巴很長的棕色短毛獵物。

「小心！」

小雪的警告聲太遲了，小藍的腳爪才縮回來，獵物堆最上面那隻肥松鼠便砰地掉下來，當場砸在她身上。**嗚啊！**

坐在蕁麻地旁邊的兩名戰士當場爆笑出來。「我從來沒見過有貓被生鮮獵物攻擊過欸！」其中一位說道。

「小心點！」另一位戰士警告。「別被那堆毛給哽死了。」

小藍覺得好尷尬，她滿臉通紅地從松鼠下面爬出來，瞪了那兩名戰士一眼。「只是掉到我頭上而已！」她可不希望因為有死松鼠砸在她頭上，就從此被他們看不起。

「嘿，妳們兩個，」原來是小斑，小藍聞到他身上的育兒室味道，他正從育兒室後面走出來。「妳們的母親知道妳們跑出來了嗎？」

「當然知道！」小藍一個轉身，終於第一次看見室友。

哦！

她沒想到小斑的個頭兒這麼大，黑白相間的毛髮像戰士一樣又滑又亮，她必須仰頭才能看清楚他。她努力把腿墊高，想讓自己看起來高大一點。

小豹跟在哥哥後面蹦蹦跳跳地出現，一路玩笑地拍打哥哥的尾巴，黑色毛髮在陽光下閃閃發亮。小豹突然停下腳步，欣喜地看著小藍和小雪。「妳睜開眼睛了耶！」

小藍舔舔胸前的蓬鬆毛髮，希望也像他們一樣光滑柔亮。

「我們來帶妳們參觀營地。」小豹興奮說道。

小雪在大哥哥大姊姊旁邊蹦蹦跳跳的。「好啊，拜託囉！」

小藍卻很不高興地彈彈尾巴，她才不要他們帶她參觀她的領地呢，她要自己探險！可是小豹已經往金雀花屏障附近那一大片羊齒植物叢快步走去。「這裡是見習生的窩。」她回頭喊道。「我們再過一次月圓，就可以搬進去。」

小雪跟在她後面跑。

「一起來吧？」小斑輕推小藍一把。

小藍回頭看看育兒室。「你不會想念舊窩嗎？」她突然有些焦慮。她喜歡睡在月花身邊。

「我想趕快搬進新窩！」小斑往見習生的窩衝過去，同時喊道。「沒有捷風在旁邊嘮叨，要我們安靜或早點睡覺，感覺一定會很棒。」

小藍快步跟在他後面，羊齒植物叢一陣騷動，一張玳瑁色的臉從綠色蕨葉叢間探了出來。

「等你開始接受訓練，」一臉睡意的見習生呵欠道，「你就會巴不得能多睡點覺了。」

「哈囉，花掌！」小斑一看見玳瑁色母貓從灌木叢裡伸出半個身子，立刻在洞穴口緊急煞住腳步。

小藍兩眼發愣地看著花掌那一身又厚又亮的毛皮。母貓從羊齒植物叢裡跳出來，落在小斑身邊，雙肩肌肉像波浪一樣起伏。小藍突然覺得相形之下，她變得更渺小了。

「我們正在向小藍和小雪介紹營地的環境，」小豹大聲說。「這是她們第一次出來喔。」

「別忘了帶她們去看如廁的地方。」花掌開玩笑道。「白掌今天早上才在抱怨又得去清理育兒室。這陣子以來那地方都是小貓，而且還有更多即將報到。」

小藍抬起下巴。「我和小雪現在可以自己打掃臥鋪了。」她大聲宣布。

花掌的鬍鬚動了動。「等白掌狩獵回來，我會轉告她的。相信她會很高興聽見這個消息。」

她是在取笑我嗎？小藍瞇起眼睛。

「我真想趕快去狩獵！」小斑突然蹲伏下來，尾巴像蛇一樣動來動去。

花掌突然伸出腳爪，按住他的尾巴。「千萬記住，尾巴不可以動，這會讓獵物聽見你在草叢裡的聲音。」

小斑強扯出尾巴，伸得筆直，貼在地面上。

小雪忍住不敢笑出聲。「那樣子好像一根樹枝哦。」她在小藍耳邊低聲說。

小藍看得太入神，根本沒回答。她在研究小斑是如何將前胸貼在地上，爪子如何出鞘，後腳又是如何壓在身體底下。**我要成為雷族史上最棒的狩獵者**，她暗自發誓道。

「不錯嘛，」花掌誇獎小斑，然後掃了小豹一眼。「讓我們看看妳的蹲伏姿勢如何？」

小豹立刻就地蹲下，腹部貼住地面。

小藍也好想試試看，不過得等她練過之後再來秀。「走吧，我們別理他們。」

小雪驚訝地瞪著她。「別理他們？」

「我們自己探險。」小藍抓住這個難得的機會。

「可是跟他們在一起比較好玩啊……」

小藍不理她，身子悄悄往後退，同時回頭瞄了一眼育兒室旁邊的低矮灌木叢。如果藏在那裡，小斑和小豹就不會找到她們了。她一個轉身，往灌木叢跑去，藏進樹枝底下，氣喘吁吁，她聞到樹葉上附著了許多味道。雷族裡到底有多少隻貓呢？他們真的都能適應部族裡的生活嗎？

枝葉一陣晃動，小雪也跟在後面衝進來。

「我還以為妳不來了呢！」小藍驚訝地尖聲說道。

「月花不是告訴我們不可以走散嗎？」小雪提醒她。

她們躲在那裡向外偷看，想知道小豹、小斑和花掌會不會注意到她們不見了。只見那三隻貓兒全朝育兒室的方向看，一臉疑惑。

花掌聳聳肩。「她們一定是回窩裡去了。」

「沒關係。」小斑繞著花掌轉。「妳答應過我們，要帶我們去沙坑，現在可以去了吧？」

「我才沒答應你們呢！」花掌反駁道。

沙坑？那是什麼？小藍真希望剛剛沒偷偷溜走。

「如果被逮到，我們就麻煩了。」小豹警告道。「別忘了，除非我們晉升為見習生，否則不准離開營地。」

「不要被逮到就好啦。」小斑喵聲說。

花掌面有難色地環顧空地。「我帶你們到溝谷邊好了。」她提議道。「但只到那裡哦。」

小藍看見花掌帶著小豹和小斑往金雀花屏障走去，消失在缺口處，妒火瞬間燃起。

也許我們應該跟上去，看他們去哪裡……

突然不知道是誰用鼻頭往她後腿一頂，害她從藏身處跌了出去，就連她的妹妹也跟在後面跌跌撞撞地出來，一張灰色的虎斑臉從樹葉底下往外窺看她們。

「你們在這裡做什麼？這裡是戰士窩。」

「對……對不起！」小雪後退幾步。

小藍卻直接反駁那位戰士。「我們怎麼知道？」她抗議道。**難道戰士都有特殊氣味之類的嗎？**

虎斑貓瞇著眼睛問：「妳們是月花的小貓嗎？」

小雪的毛髮凌亂，低頭看著自己的腳爪。

小藍卻抬高下巴，她才不會被這個滿臉不悅的戰士嚇到呢。「沒錯，我是小藍，她是我妹妹小雪。」

虎斑貓從灌木叢底下鑽出來，伸個懶腰。他的個頭兒比花掌還大。小藍倒退一步。

「我是石皮，」灰色公貓喵聲道。「妳們是來找暴尾的嗎？」

小雪熱切地抬眼看他。「他在嗎？」

「他出去狩獵了。」

「事實上，我們不是來找他的。」即便小藍睜開眼睛後就一直很想親眼瞧瞧父親，但還是不認輸地這樣告訴戰士。「我們是在躲小斑和小豹。」

「我懂了，捉迷藏。」石皮嘆口氣道。

「不是，」小藍糾正他。「他們想帶我們參觀營地，可是我們想自己探險。」

石皮彈彈尾巴。「好戰士會向族裡的貓兒謙卑請教。」

「我……我們覺得自己探險比較好玩。」小雪脫口而出。

戰士豎起毛髮。「可是我好不容易才能睡一覺，卻被莽撞的小貓吵醒，這一點也不好玩。」

「對不起，」小雪道歉說。「我們不知道你在睡覺。」

「讓小貓自己逛營地，就會發生這種事。」石皮哼了一聲，目光移向獵物堆。「既然都醒了，乾脆去吃點東西算了。」這位戰士彈彈尾巴，逕行穿過空地，不再理會她們。

小雪轉向小藍。「妳為什麼非要挑戰士窩來躲啊？」她很不高興地說。

「我怎麼知道。」小藍頂回去。

「如果我們和小斑在一起，就會知道啦。」

小藍彈彈耳朵。至少她們現在知道見習生和戰士窩在哪裡了。她們想自己探索營地，不是嗎？她掃視空地，等待視線變得清楚點，因為她從來沒有這樣極目遠眺過。終於空地盡頭的岩石在視線裡逐漸清晰，她注意到岩石下方附近有許多足印往陰暗處走去，最後消失在一處有地衣垂掛的地方。這些足印到底通往哪裡呢？

小藍忘了自己才剛跟小雪吵架，開口便說：「快跟我來！」她跑向地衣處，伸長身子，想用爪子搆它，但搆不到，只好放棄，腳爪卻一不小心陷進灌木叢裡，意外探到裡頭有個洞。

「有洞欸！」興奮的小藍擠進洞裡，發現裡面原來別有洞天。洞裡的地面和牆面都很光滑，雖然沒有貓兒在裡頭，但旁邊有一塊青苔臥鋪。「這是個窩欸。」她回頭對小雪嘶聲說道。

「這是松星的窩。」一個並非妹妹的聲音這樣回答。

小藍頓時僵住，小心退出洞穴。她又惹上麻煩了嗎？

一隻淺銀色公貓坐在小雪旁邊，他的眼睛是淡琥珀色的。

「哈囉，小藍。」

小藍偏著頭問：「你怎麼知道我的名字？」

「因為妳是我接生的啊。」公貓告訴她。「我是羽鬚，巫醫見習生。」他朝松星的窩點點頭。「妳不應該進去的，除非受邀。」他的聲音溫和卻很嚴肅。

「我不知道這是他的窩。我只是好奇地衣後面有什麼。」小藍低頭看著自己的腳。「你會告訴松星嗎？」

「會。」

小藍的心臟噗通一跳。

「我還是告訴他比較好，反正他也會聞到妳的氣味。」羽鬚解釋道。

小藍抬頭看他，表情擔憂。松星會不會覺得她不適合當戰士？

「別擔心，」羽鬚向她保證道。「他不會生氣的，搞不好他會很欣賞妳的好奇心哦。」

「那我也可以進去看看嗎？」小雪喵聲道。

羽鬚喵嗚一笑。「一隻小貓的氣味或許會讓他覺得這只是好奇，」他告訴她。「但兩隻小貓的氣味就太超過了點。」

小雪的尾巴垂了下來。

「我相信總有一天妳會有機會進去參觀的。」羽鬚承諾道。「要不要我帶妳們去看長老窩？他們最喜歡小貓了。」

又是被帶著去參觀！小藍懊惱到全身的毛都有點微微刺痛。可是她想起石皮說過的話：**好戰士會向族裡的貓謙卑請教。**

羽鬚帶著她們往那棵橫躺在地的斷樹走去，鑽進它的枝葉底下，小藍快步跟上，小雪也緊跟在後。

這根樹幹的每個縫隙都冒出草葉嫩芽，將腐朽的樹皮妝點得綠意盎然。小藍跟在羽鬚後面，穿梭於迷宮一樣的枝椏間，最後進入隱藏在後面的開闊空間。

一隻很髒的棕色公貓仰躺在地上的一棵樹幹上，另一隻玳瑁色母貓正用舌頭梳理他的耳朵。還有一隻毛色橘紅，夾雜白色斑點的公貓，坐在窩裡的另一頭吃老鼠。

玳瑁色母貓抬頭看見羽鬚。「你帶老鼠膽汁來了嗎？」她一臉盼望。「糊足又長蝨子了。」

「他堅持每天去狩獵，」橘色公貓批評道。「不長蝨子才怪。」

「草鬚，除非到了你要為我守夜的地步，否則我每天都會去。」糊足喵聲道。

草鬚又咬了一口鼠肉。「我也一樣。」他滿嘴食物地咕噥說道。「這陣子營地裡的見習生太少了，根本沒空送食物給我們。」

「小斑和小豹馬上就要接受訓練了。」羽鬚提醒他們。「而且又有兩隻小貓快要當見習生了。」他站到一旁，好讓他們看見小藍和小雪。

草鬚從面前的鼠肉抬起頭來，糊足也坐起來，豎直耳朵。

「小貓！」玳瑁色母貓的眼睛一亮，急忙走上前去，舔舔小藍的面頰。小藍低頭閃到後面，拿腳掌擦掉口水。她看見小雪同樣被她舔得滿臉都是口水，只好強忍住，不敢笑出聲。

「雀歌，這是她們第一次到育兒室外頭玩。」羽鬚解釋道。「剛好被我逮到正要進松星的窩造反。」

「才沒有呢……」小藍反駁說。

「別理羽鬚，」雀歌打斷道。「他看見每隻貓都愛揶揄一下，這就是當巫醫的特權之一。」

「巫醫見習生。」羽鬚糾正她。

「哼！」糊足用尾巴蓋住腳。「這意思是說，鵝羽的工作都由你在包辦，至於那隻懶惰的老獾……只會假裝忙著找藥草。」

「噓！」雀歌厲色看著糊足。「鵝羽已經盡力了。」

糊足哼了一聲。「他今天早上應該出去收集什麼藥草？」他問羽鬚。

巫醫見習生的耳朵動了動。「紫草。」

「可是我看見他在貓頭鷹樹底下曬太陽，沒多久就睡著了，打呼聲大到獵物都被他嚇跑了。」他用尾巴指指草鬚正在享用的食物。「害我花了好久時間才抓到那隻老鼠。」

「鵝羽教會我很多知識，」羽鬚為自己的導師辯解。「他熟知森林裡每種藥草的用途。」

「但他總得自己去採集回來吧。」糊足嘀咕道。

羽鬚掃了小藍和小雪一眼。「別理他，」他喵聲說。「鵝羽和糊足向來看彼此不順眼。」

「糊足，你別這麼說，」雀歌斥責道。「好歹鵝羽是她們的親戚。」

「他是我們的親戚？」小藍眼睛眨呀眨地看著玳瑁色母貓。

「他是妳母親的哥哥，」雀歌解釋道，並用尾巴將她們掃了過來。「快過來跟我們說說妳們吧。」

「我叫小藍，這是我妹妹小雪。我們的媽媽叫月花，爸爸叫暴尾。」小藍吱吱喳喳地說道。「今天是我們第一次到育兒室外面。」

草鬚吞下最後一口鼠肉，舔舔嘴巴。「小東西，歡迎加入雷族，我相信妳們很快就會闖禍了，小貓好像天生都愛闖禍。」

小藍豎直耳朵。「小豹和小斑也闖禍過嗎？」

雀歌輕笑出來。「哪一隻小貓不會啊？」

小藍鬆了口氣，她才不想當那隻唯一闖禍過的小貓呢。**譬如松鼠掉在我頭上**。

「松星也該將那兩隻小貓升格為見習生了。」糊足聲音粗啞地說。「他們太閒了，每次我去獵物堆那裡，都看見他們在玩沙子或一些無聊的遊戲。」

「我明天會去問問捷風，能不能帶他們去森林裡採集藥草。」羽鬚提議道。「這樣可以讓他們有點事做。」

小藍的眼睛瞬間瞪大。「森林？」她重複道。

羽鬚點點頭。「我們不會離營地太遠。」

一定是花掌帶小斑和小豹去的那個地方。小藍不免好奇，除了空地和這些窩之外，還有多少地方可以探索？

小雪在她身邊打了個呵欠。

「你最好帶她們回去找媽媽吧。」雀歌建議道。「小雪好像快睡著了。」

小藍轉頭看見妹妹的眼皮快垂下來了，這才發現自己的腿也好痠，肚子咕嚕咕嚕地叫。但她不想離開，她想知道更多。糊足身上的蝨子長什麼樣子？鵝羽現在在哪裡？

「走吧。」羽鬚準備帶她們出去。

「回育兒室，我們怎麼學得到東西呢？」小藍反對道。

「養足精神，才會學到更多啊。」雀歌喵道。

「要常回來看我們哦！」草鬚喊道。

他們穿過空地，小藍走得跌跌撞撞，雖然一堆問題在她的腦袋裡打轉，但四隻腳已經累到走不動了。等羽鬚把她塞進育兒室，她才鬆口氣。

「小東西，妳們看到什麼了？」小藍跟著小雪挨在月花身邊坐下，月花這樣問道。

「全看到了。」小藍打個呵欠。

月花輕聲一笑。「親愛的，不可能全看到。」小藍閉上眼睛，但母親還在繼續說。「還有一整座森林等著妳們探索，即便如此，那也只是貓族的部分領地，外面還有好大的世界——譬如慈母口、高岩山甚至更遠。」

「這世界到底有多大？」小雪睏倦地喃喃問道。

「這答案只有星族知道。」月花回答。

小藍不禁想像那些樹啊、蕨叢啊、蕁麻啊、金雀花啊，全都從營地往天際無限延伸。「可是我的腿不夠長，沒辦法走那麼遠。」她抗議道。而就在她的想像化為夢境時，她聽見了母親的聲音。

「小寶貝，長大就會變長了，到時妳的腳就會強壯到可以走遍全世界。」

第二章

小藍看見小雪的尾巴拍來彈去，心癢得很，真想跳上去，按住它，壓在地上，但還是強忍住衝動，因為她不想把自己的毛弄髒。

「記住哦，」月花說道，同時又梳理了一次小藍的耳朵。「要坐直，要有禮貌。」

小藍翻翻白眼。她們正站在空地邊緣等候。

「這是暴尾在妳們睜開眼睛後，第一次來看妳們。」月花不厭其煩地提醒她們。一整個早上小藍都因興奮過度而覺得腸子像打結了一樣。她希望父親看見她的時候，不會再覺得她只是一隻喵喵叫的小貓。

月花瞥了金雀花屏障一眼。「他答應我，會在日正當中時結束狩獵，回來營地。」

小藍的腳爪依舊牢牢貼在地上。營地裡紛亂忙碌，充斥各種氣味，她看得眼花撩亂，實在很難靜下心來等候。

糊足和雀歌從長老窩裡出來。羽鬚正緩緩

走向他們，下顎吊著一球青苔。小藍猜那球東西一定很臭，因為羽鬚的鼻子皺了起來，好像拿了坨狐狸屎似的。蕁麻地旁有隻毛色像太陽一樣刺眼的大公貓，正和三位戰士分享獵物。

「那是陽落嗎？」小藍問道。

「是啊。」月花開始梳理小雪。「和他在一起的是知更翅、褐斑和絨皮。」她一邊舔一邊說道。「哦，鶇皮剛從戰士窩裡出來。」

小雪被母親舔得很煩，嘴裡向小藍抱怨：「她剛剛也很用力地舔妳嗎？」可是小藍幾乎聽不見她說什麼，她正忙著觀察那些戰士。她想記住知更翅那一身棕色毛皮，這樣一來，以後作戰時，就能從貓群裡認出她來。她心裡在想，褐斑其實很難認，因為他有一身淺灰色的虎斑毛皮。不過耳尖倒是有一小撮毛，她一定要記住他這個特徵。絨皮到哪兒都很好認，因為他的黑毛像刺蝟一樣張揚。鶇皮的毛色是沙灰色，很像她和小雪在育兒室裡玩的那種鵝卵石顏色，而且他的眼睛是翠綠色，胸前有一塊白毛，像蓬蓬的白雲，比其他戰士的個頭兒都來得小。

「鶇皮是不是發育不良啊？」小藍對她母親喵聲說。

月花輕笑一聲。「不是，小寶貝，他是年紀最小的戰士，四分之一月圓前，他才得到戰士封號。他還在長大，到時妳就知道了。」

金雀花屏障突然窸窣出聲，小藍趕緊掃了一眼。是暴尾嗎？不是，她好失望，原來是石皮嘴裡叼著一隻鳥走進營地裡。她不安地蠕動著腳，希望他沒看見她。她不確定他是不是已經原諒她擅闖戰士窩的事。

「妳作弊！」花掌在空地一側吼道。她打了個滾，閃過白掌，又跳起來站好。兩隻母貓正在樹墩旁邊練習格鬥技。

白掌甩甩身子。「我才沒作弊呢，這純粹是技巧！」她不高興地瞪著花掌，那隻混濁的眼睛在陽光下閃閃發亮。小藍知道她有隻眼睛看不見，可是聽覺卻好到你根本偷襲不了她。小藍和小雪已經試過好多次。

「妳只是運氣好才打到！」花掌反駁道。「連小斑都比妳強多了。」

小斑在哪裡？

小藍掃視廣場。**在那裡！**小豹和小斑蹲在戰士窩外面看著對方，似乎正在密謀什麼。他們想幹嘛？

「我已經很乾淨了啦！」

小藍的注意力被妹妹打斷，小雪低下身子，躲過母親的舔功。

月花坐了回去。「妳們看起來好可愛喔。」

小雪哼了一聲，伸出腳爪撥撥耳朵旁邊被舔濕的毛髮。小藍挺起胸膛，把腳爪中規中矩地擺好。**我一定要讓暴尾以我為榮！**月花老是誇說她們的父親是個多棒的戰士，有多英勇善戰，而且是雷族裡頭最頂尖的狩獵者之一。**希望我長大也像他一樣。**

「為什麼暴尾不能到育兒室來看我們？」小雪發出牢騷。「蛇牙就常常到育兒室看小斑和小豹，上次還帶一隻老鼠給他們。」

「妳們一出生，他就來看過妳們啦。」月花用腳爪勾住小雪那條動個不停的尾巴，將它整齊擱在腳上。「他是族裡一位很重要的戰士，沒有那麼多時間帶禮物給妳們。」她退後一步，再次檢查她的小貓。「再說，妳們也還沒大到可以吃老鼠啊。」

小藍瞥了太陽一眼，瞇著眼睛。已經快中午，暴尾就快來了。她轉頭去看金雀花屏障，知道戰士巡邏隊會從中間那個缺口走進來。小斑已經把部族的作業模式都告訴她了——譬如狩獵巡邏隊、邊界巡邏隊。他還說戰士的第一次狩獵成果一定要獻給部族，之後的才能給自己。

小藍下定決心以後一定要餵飽族裡的貓，即便自己必須挨餓。

月花身子一挺，鼻頭動了動。「他到了！」

「在哪裡？」小雪跳起來，飛快轉身，把地上的土都彈到小藍身上了。

「快坐好。」月花命令道。

小雪趕緊坐下來，尾巴放回腳上。小藍看見金雀花屏障先是一陣窸窣騷動，接著一隻暗棕色的虎斑貓嘴裡叼著歌鶇鳥，穿過缺口，走了進來，後面跟著一隻淺色的母虎斑貓。

「他們是誰？」小藍看見兩隻田鼠在虎斑貓的嘴巴底下盪呀盪的，好佩服。

「那隻公貓叫雀皮，母貓叫斑尾。」月花豎直耳朵。「他來了！」

一隻體型很大的灰色公貓跟在斑尾後面進入營地，肩膀輕輕刷過金雀花的枝椏，花穗隨之抖動。他的頭顱很大，下巴抬得很高，藍色眼睛像星星一樣閃亮，嘴裡叼著一隻松鼠，小藍從沒見過那麼大隻的松鼠。

「妳看他帶那個回來給我們玩欸！」小雪倒抽一口氣。

「笨蛋，那不是給我們的！」小藍低聲道，她記得小斑告訴過她。「是給部族的。」

「那是食物，不是玩具。」月花厲聲打斷。

小雪看見父親跟著巡邏隊走到獵物堆，將松鼠放到其他獵物旁，不禁失望地肩膀垮了下來。她的父親隨後轉身，環顧營地。

「坐直點！」月花斷聲道。

小藍心想再叫她坐直一點，恐怕就要後滾翻了，不過她還是盡可能地坐得筆直，直到暴尾的目光定在她們身上。

她的母親發出快樂的喵嗚聲。「暴尾！」月花用尾巴朝他示意小藍和小雪在這裡。「快過來見見你的孩子。」

暴尾朝她們走來，在面前停下腳步。「眼睛總算睜開了，感覺好多了。」他說出自己的看法，聲音低沉，聽起來有點像隆隆雷聲。

「你看，」月花提醒他。「她們兩個的眼睛都像你一樣是藍的。」

是啊！小藍努力睜大眼睛，希望父親誇獎她，但他好像才瞄了一眼便又把目光轉回月花身上。「看來她們以後都會是好戰士。」

「當然會。」月花快樂地喵嗚道。「有其父必有其女。」

小藍上前一步。「要抓到那隻松鼠很難嗎？」她希望暴尾再多看她一眼，或許就會注意到她的毛色有多像他。

他低頭看她，眨眨眼睛。「肥松鼠比較好抓。」

「你以後會教我們怎麼抓松鼠嗎？」小雪問道，尾巴動來動去，揚起塵土。

「妳們的導師會教妳，」暴尾答道。「我希望松星能為妳們挑個好導師。」

他會挑誰呢？小藍的眼睛瞄向戰士窩，樹叢一陣作響，蛇牙走了出來。小豹和小斑開心大叫，往他身上一撲。小豹緊抓住父親的尾巴不放，小斑直接跳上他肩膀。蛇牙蹣跚搖晃，發出誇張的驚呼聲，最後很戲劇化地倒在地上。小豹和小斑跳上他肚子，尖聲大笑，蛇牙呼嚇一聲，突然將他們推倒在地，將他們追趕到戰士窩後面。

暴尾掃了一眼那幅喧鬧景象，耳朵抽了抽。小藍心想，也許他在想，等他們父女熟一點之後，也可以這樣陪她們玩。

「松星要和我一起分享獵物。」暴尾告訴月花。

小藍眨眨眼睛。「現在嗎？」**他要走了嗎？**「我們可以跟你一起去嗎？」

暴尾瞄她一眼，她感覺到他目光裡的警告與責備，不禁害怕地縮起身子。**他不喜歡我了嗎？**

「小貓最好別離育兒室太遠。」他咕噥說道。

他轉身離開，小藍的心跟著一沉，突然他停下腳步，轉頭看她們，她又燃起一線希望。**他改變心意了嗎？**

「石皮告訴我，妳們昨天吵他睡覺。」他咆哮道。「離戰士窩遠一點。」說完轉頭就走了。

小藍望著他的背影，表情失望，一臉茫然。

月花用尾巴輕輕撫過小藍雜亂的毛髮。「暴尾只是給妳們一點建議，」她喵聲道。「免得以後又犯錯了。」

小藍看著自己的腳，真希望當初沒有犯下這麼愚蠢的錯誤。

小雪繞著母親蹦蹦跳跳。「我們當然不會再犯錯。他以為我們是鼠腦袋嗎？」她停下來，眨眨眼睛。「如果松星邀他一起分享獵物，那表示他一定是很重要很重要的戰士囉？」

「是啊。」月花遠遠看著暴尾叼起他剛抓回來的松鼠，走向雷族族長。她低頭看看小藍，眼神柔和。「他晚一點就會有空了。」

小藍抬起下巴。「他說我們以後會是好戰士！」她強自壓下心頭空蕩的感覺，暗自發誓一定要證明給他看。

「月花！」這一聲招呼驚醒了小藍。她轉頭一看，只見一隻淺藍色眼睛，身上帶有斑點的灰色公貓從蕨叢隧道裡從容步出。「那位偉大的戰士見過他的小貓了嗎？」

月花瞇起眼睛。「當然。」

小雪眼睛一亮。「你是鵝羽？」

「妳怎麼猜到的？」

「那裡是巫醫窩，不是嗎？」小雪用鼻子指著蕨叢隧道說。「所以你一定是啊！」

公貓坐了下來。「妳怎麼知道我不是來拜訪鵝羽的？」他吸吸鼻子說道。

「如果是那樣，我們應該會看見你進去啊。」小雪答道。「我們坐在這裡已經很久了。」

「是哦？」鵝羽看看月花。

月花尾巴彈了一彈。

小藍好奇地聞聞巫醫。「你的味道聞起來好像羽鬚。」他的毛髮上除了有發霉的臥鋪味，還有其他陌生的植物氣味。「他說你知道森林裡所有藥草的名字。」

「是啊。」鵝羽開始舔洗自己的臉。

小雪從她身邊擠進來。「糊足說你……」

「別管糊足說什麼。」月花阻止女兒繼續說下去。

鵝羽停止洗臉，眼睛發亮。「我向來很好奇糊足說我什麼。」

小藍繞著妹妹走，抬起尾巴摀住小雪的嘴。「他說你幾乎每天都出去採集藥草。」

鵝羽低沉一笑。「算他聰明。」

「我也很聰明啊！」小雪強調道。

「當然囉！」鵝羽的鬍鬚抽了抽。「妳是月花的小貓，而她是我見過最聰明的貓了，」他的目光輕掃暴尾一眼。「至少大多時候很聰明。」說完便在地上翻滾，拿肩膀磨擦粗糙的泥土。「新葉季又到了，真好。」

小藍喜歡這隻公貓。他既風趣又友善。她真高興他們是親戚。

「你還會做什麼？」小雪熱切地問道。

鵝羽坐了起來，拿腳順順鬍鬚。「你是說除了照顧貓兒的健康之外？」

小藍聽見母親嘆了口氣。為什麼她不覺得有這樣的親戚，與有榮焉呢？

「我會詮釋星族降下的徵兆。」鵝羽繼續說道。

小藍豎直耳朵。「什麼樣的徵兆？」

鵝羽聳聳肩。「譬如雲啊。」

小藍揉揉眼睛，仰望天空。頭上的朗朗藍天被四周林木框出一個圈，幾朵鬆軟的白雲飛掠而過。

鵝羽清清喉嚨。「我一看就曉得，星族知道小貓們想趕快長大。」

一隻雜色的公虎斑貓正在旁邊經過，順道瞄了巫醫一眼。

鵝羽對公貓點點頭。「哈囉，蛇牙。」

「又在預言啦？」蛇牙調侃道。

小藍瞇眼看著那位戰士。他不相信預言嗎？

小雪四腳不安地蠕動。「小貓長大？是指我們嗎？」

「也許吧。」鵝羽喵聲道。

蛇牙經過時，嘴裡哼了一聲。

小藍偏著頭。「你怎麼知道這是星族在對你說話，不是對其他部族說話？」

「這要靠經驗。」鵝羽轉頭示意蕨叢隧道。「妳們想參觀巫醫窩嗎？」

小藍從地上跳了起來。「想啊，拜託帶我們去啦！」在營地裡，那是她唯一沒去過的地方。

「月花！」松星在喊貓后。

「來了！」月花有點猶豫地看了看鵝羽。「你有辦法管得住這兩隻小貓嗎？」

我們不需要被管！小藍憤憤不平地想道。

「沒問題。」鵝羽喵聲道。

於是月花離開他們，去找暴尾和松星，鵜羽則帶著小藍和小雪穿過冰冷的綠色蕨叢隧道，進入一處邊緣有座小水池的草地。空氣裡充斥藥草的刺鼻味，草地上零星散落著一些小藍從沒見過的葉子。除了一座高聳的岩石之外，四周全是蕨叢，岩石中央裂了一條縫，寬度剛好夠一隻貓兒進去在裡面做窩。

一個粗啞的聲音從蕨叢裡傳來。

「小耳被豬鼻蛇咬到，快痊癒了，」鵜羽解釋道，同時往睡在綠色植物叢裡的病患走去。「還好是被一條小豬鼻蛇咬到，再過一兩天，毒就可以完全排掉了。」他消失在羊齒植物裡。「我很快就回來。」

「來吧，」小雪低聲說，同時甩掉腳上沾到的葉子。「我們去那個洞裡看看。」

小藍有點猶豫，暴尾的話言猶在耳。

「沒關係啦，」小雪慫恿道。「是鵜羽邀我們來參觀他的窩。」

小藍朝巫醫消失處看了一眼。「也許可以吧。」她快步跟著小雪走向岩裡的暗洞。

「我先進去。」小雪一進洞穴，白色身影立即被陰影吞沒。小藍也跟了進去，她在幽暗中不斷眨著眼睛。辛辣的氣味瞬間充斥她的鼻腔與嘴巴。

「妳看那些藥草！」小雪尖聲喊道。

小藍睜大眼睛，試著適應洞口滲入的幽暗微光，終於看見許多藥草沿著牆面堆放，小雪正在好奇嗅聞。

小雪抓起一片暗色葉子。「我好想知道這葉子的用途是什麼哦？」

小藍小心地聞一聞，味道酸酸的，不禁皺起鼻子。

「我賭妳不敢吃它。」小雪用激將法。

小藍退後一步，眨眨眼睛。

「膽小鬼！」

「我才不是膽小鬼！」**怎麼取笑她都行，就是不准叫她膽小鬼……**「好，我吃！」她低下頭去，咬了一口，感覺舌間毛茸茸的，味道苦到令她作嘔。她呸了出來，舔舔腳掌，試圖擦掉那味道。「好噁心哦！」

小雪哼笑一聲。

「好了，萬事通，該妳了！」滿臉不悅的小藍，伸爪去耙一堆黑漆漆的小種子，有幾顆散落在巫醫窩的地上。「妳吃一顆。」

「好啊！」小雪低頭舔食其中兩顆，吞了下去，舔舔舌頭。「很好吃！」她大聲說道，兩眼發亮。

「妳們兩個在做什麼？」月花的尖銳叫聲嚇了兩隻小貓一跳。貓后一把抓住小藍的頸背，丟出外面草地，接著又把小雪拉出來。

「妳們剛在裡頭吃了什麼？」月花質問道，瞪大眼睛，表情驚恐。

小藍瞪著她，話哽在嘴裡。

「到底吃了什麼？」月花吼道。

「我……我吐出來了。」小藍說得結結巴巴，神情緊張地望向小雪，月花的目光跟著移向妹妹。

「妳呢？」

小雪看著自己的腳，「我吞了一些東西。」她喃喃說道。

「鵝羽！」

巫醫從小耳的臥鋪探出頭來。「什麼事？」

「她們跑進你的窩裡，小雪吞了一些東西。」

鵝羽瞪大眼睛，從蕨叢裡跳出來，匆匆穿過草地。

「你去查清楚那是什麼！」月花呸口罵道。鵝羽已經進了窩，過一會兒又衝出來。

「看來是罌粟籽。」他喵聲道。小藍垂著頭，她再也不敢拿話激小雪了。

「妳吞了幾顆？」鵝羽追問道，眼睛瞪得圓圓的，眼神擔憂。

「兩顆。」小雪小聲說。

鵝羽嘆口氣，坐了下來。「沒事啦，」他低聲道。「只會想睡覺而已。」

「只會睡覺？」月花的毛髮倒豎。「你確定？」

「我當然確定，」鵝羽厲聲回答。「帶她回育兒室睡覺吧。」

「你不用把她留在這裡照顧她嗎？」月花彈彈尾巴，提醒他。

「也許妳會照顧得比我好。」鵝羽喵聲道。「我還有小耳得照顧呢。」

月花哼了一聲。「走吧。」她把小雪往蕨叢隧道推。小藍趕緊跟上。

「她不會有事的！」鵝羽在後面喊道。

「最好沒事。」月花氣呼呼地咕噥道。

當月花押著她們穿過空地時，小藍感覺得到母親全身散發出恐懼和憤怒的氣味。

「笨貓！」這隻貓后咕噥罵道。「星族怎麼會讓他當上巫醫？」

小藍覺得很有罪惡感，是她激小雪吞下罌粟籽的。

「以後再也不准進巫醫窩！」月花斥責道。「不，連那裡的空地都不准去。」

「可是萬一……」小藍正要開口。

「不要跟我辯！」她們一到育兒室，月花便叼住小雪的頸背，把她從入口處塞進去。小藍趕緊擠進去，免得月花也對她使出這一招。為什麼她母親這麼氣鵝羽？吃罌粟籽的是小雪啊！**是我激她吃的！**小藍坐在臥鋪邊，害怕到毛髮豎得筆直，小雪已經在青苔鋪上縮成一團，兩眼呆滯，滿臉睡意。

月花躺了下來，俐落地舔舔小雪的毛。

捷風在臥鋪裡動了一下。「怎麼啦？」

「鵝羽讓小雪吞了罌粟籽！」月花的眼神因憂心過度而顯得陰鬱。

罌曙坐起身子。「什麼？」

小藍羞愧到全身發燙。這不是鵝羽的錯，如果要怪，也應該怪她。「鵝羽根本不知道我們跑進他的窩裡。」她指正道。

「他應該知道，他也應該事先警告你們。」月花聞聞小雪，後者很快就睡著了。「怎麼可以把妳們獨自丟在藥草那裡。」

「真倒楣，羽鬚不在，」捷風插嘴道。「要是他在，一定會看牢她們的。」

月花又開始舔洗小雪，只是這一次動作很輕柔。小藍聞到她母親身上散發出來的恐懼氣味。她也跟著緊張起來。「她不會死吧？」

罌曙從臥鋪裡起來，用鼻子抵住小藍的面頰。「小東西，別擔心。」這隻貓后瞥了月花一眼。「她吃了幾顆？」她低聲問道。

「兩顆。」

罌曙嘆口氣。「她睡一覺就沒事了。」她保證道。

求求星族，保佑小雪平安無事。小藍的尾巴不停顫抖。罪惡感襲捲她全身，她全身僵硬地在臥鋪邊蹲下來。

「別擔心，小藍。」月花用尾巴把她拉進青苔臥鋪裡。「我會看著她的，妳快睡吧。」

小藍閉上眼睛，可是她怎麼睡得著，除非確定小雪平安無恙。**我再也不會讓她進鵝羽的窩了！**

「請所有已經會抓獵物的成年貓都到高聳岩下方集合！」

松星的召集聲喚醒小藍，她爬了起來，很興奮。部族要集會了！突然間，她想起小雪，頓時愣住，大氣不敢喘地探頭去聞妹妹。聞起來沒問題，小雪正發出輕微的鼾響。

月花用舌頭去舔小藍的耳朵。「別擔心，」她低聲道。「她沒事的。」月花雙眼呆滯，似乎整夜沒睡，「我一直很注意她。」說完，貓后輕輕地推推那一小團白色毛球。「小雪。」

小雪沒好氣地吼道。「別再吵我睡覺了，妳一整個晚上一直弄我。」

小藍鬆了口氣。小雪沒事了。她用鼻子抵住月花的面頰，發出快樂的喵嗚聲。

罌曙伸伸前腳，打個呵欠。「小雪狀況如何？」

「沒事了。」月花喵聲道。

「相信她以後不敢了。」罌曙從臥鋪裡爬出來。「妳要去參加集會嗎？」

小雪的眼睛倏地睜開，跳起來。「有集會啊！」

小藍吁口氣，總算寬心，小雪看起來很有精神，想必罌粟籽的藥效已經退了，就像鶇羽說的一樣。「我們可以去嗎？」她喵聲道。

月花疲憊地點點頭。「如果妳們乖的話。」

「我們會很乖的！」小藍承諾道。

月花慢慢起身，走向育兒室入口。

「捷風呢？」小雪好奇問道。

小藍看見捷風的臥鋪是空的。「小豹和小斑也去了。」

「我想他們已經在空地上。」月花從刺藤叢的入口鑽出去，同時回頭喊道。

小藍也跟著母親爬出去。清晨陽光滲過營地四周的林葉，溫柔地迤邐而下。空地上的貓兒們興奮地竊竊私語，松星正從高聳岩上方俯視他們。

鶇羽坐在蕨葉隧道入口，羽鬚正從褐皮和雀皮之間穿過，絨皮和知更翅坐在高聳岩下方。

小藍瞄到暴尾和風翔在聊天。她希望父親能注意到她，可惜他聊得太起勁。

這時地上那棵斷樹的枝葉一陣窸窣聲，糊足、草鬚和雀歌魚貫走了出來。

「快點。」月花低聲道。她把小藍和小雪從花掌及白掌旁邊推過去，這兩個見習生正忙著爬上樹墩，想找個好一點的視野。

「這裡，」月花在斑尾和石皮後面坐下。「現在坐下來，不准講話。」石皮轉頭看見她們。「第一次參加部族集會，是不是？」

小藍點點頭，戰士的目光親切，她總算放心。她轉頭看看母親。「妳確定我們來這裡沒關係嗎？」她低聲道。「我們的年紀還沒大到可以自己抓獵物欸。」

月花點點頭。「只要安靜就行了。」她轉頭問石皮。「你知道這場集會的目的是什麼嗎？」

斑尾轉身過來，搶在石皮開口前回答。「可能是松星對族裡兩隻小貓有什麼安排吧。」

小藍突然感到害怕，胃跟著抽緊。也許松星打算公開斥責她和小雪擅闖私地的行為。她瞥了妹妹一眼，緊張到毛髮豎得筆直，接著又抬頭看看松星，卻發現雷族族長的目光其實是放在另外兩隻小貓身上。

小豹和小斑都坐在高聳岩下方。其他貓兒全都往後自動騰出空間給他們。他們闖禍了嗎？捷風陪著蛇牙坐在空地邊緣。應該不是闖禍吧，因為當松星開口說話時，捷風的眼裡充滿驕傲，連蛇牙也抬頭挺胸。

「新葉季為我們帶來溫暖的氣候與新的希望。更重要的是，賜給我們新的小貓。」紅棕色公貓稍微伸長身子，往小雪和小藍的方向看了一眼。「我要歡迎月花和暴尾的小貓加入雷族，不過她們還太小，不太適合參加部族集會……」

小藍繃緊神經。

「……但我還是很高興她們能來現場觀摩這場早晚都要經歷的儀式。」

貓兒們全都轉頭看著她和小雪。她興奮到心噗通噗通地跳。

「小豹和小斑。」松星再次拉回大家的注意力，所有眼睛又移回高聳岩下方那兩隻年輕貓兒的身上。「你們已經和我們生活六個月，學會雷族貓的生活方式。從今天起，你們將開始學習如何當雷族戰士。」

群眾的讚許聲如漣漪般傳開。松星繼續說。

「小豹！」

小豹聽見名字被喊到，立刻上前一步，抬頭仰望站在高聳岩邊緣的松星。「從今天起，妳將更名為豹掌。」松星目光轉向知更翅。「知更翅，就由妳來負責訓練她。過去糊足是妳的導師，希望妳也能將糊足傳授給妳的高超狩獵技術悉數傳授下去。」知更翅垂頭，上前一步，站在新見習生的旁邊。

「小斑，」松星繼續說道。「我在你的眼裡，看見你父親素有的膽識。從今天起，你將更名為斑掌，絨皮將成為你的導師。你要聽從他的話，雖然他還年輕，但其聰明才智足以作為你的導師，教你如何擅用膽識。」

愉悅的歡呼聲在族裡響起。「斑掌！」捷風得意喵嗚，聲音迴盪在高聳岩之間。「豹掌！」

花掌從樹墩上跳下來，穿過群眾，白掌緊跟在後。

「我們已經幫你們整理好臥鋪了。」花掌對新見習生說道。

「我還分了些青苔給你們。」白掌也刻意討好。

小藍卻覺得心裡有點苦澀，她就要失去以前的室友了。「捷風不會想念他們嗎？」她問月花。

「會啊，」她母親的眼神呆滯，但這次不是因為疲累。「走吧。」她聲音沙啞，同時用尾巴圈住兩隻小貓，帶她們往育兒室走去。

「我們不能去向斑掌和豹掌道賀嗎？」小藍問道，爪子戳進柔軟的泥土，不想移動腳步。

月花用鼻頭推她進去。「他們都在忙著跟新室友打招呼呢。」

「我們很快也會成為他們的室友。」小雪興奮說道。

月花的耳朵動了動。「還要六次月圓才行！而且不能再吃罌粟籽了。」

第三章

沉入夢鄉的小藍，正在追一隻蝴蝶，她伸掌朝空中猛揮，將蝴蝶壓在地上，蝴蝶翅膀撲撲拍得她鼻子好癢。她好奇牠會飛到哪裡去，於是鬆開手。蝴蝶倏地往天空一竄，她再也搆不著，但仍有什麼東西在搔她的鼻子。

她被自己的噴嚏驚醒。

一條毛茸茸的短尾巴從罌曙那床擁擠的臥鋪伸過來，在小藍的鼻子底下抽動。她很不高興地揮開它。小雪正壓在她背上，她覺得好熱，覺得快被壓扁了。小藍和小雪已經不再是育兒室裡最年幼的小貓。四次月圓之前，罌曙生了小貓：兩隻母貓和一隻公貓，分別叫小甜、小玫瑰和小薊。小薊的名字是小藍建議的，因為他那一身灰白相間的毛髮像釘子一樣賁張，但還好是軟的，不會真的很刺。小玫瑰的名字則是小雪幫忙取的，因為她有條粉橘色的尾巴。小甜是隻有玳瑁色斑的白色小貓，她的名字源自於松星的母親甜薔。

剛開始有很多小貓一起玩，還挺有趣的，但現在小藍卻覺得這裡的空間愈來愈小，就算月花最近常回戰士窩睡，育兒室裡還是很擁擠。小薊、小甜和小玫瑰長得很快，而且老從罌曙的臥鋪裡跌出來。更糟的是，兩個月圓前，斑尾也生了小獅和小金兩隻小貓，他們總是動個不停，又愛喵喵叫。

現在雖然很安靜，可是當小藍再度閉上眼睛時，睡夢中的罌曙卻呼嚕一聲，鬆開懷裡的小玫瑰和小甜，翻過身去，小薊也跟著翻一圈，下巴抵住他母親的腰腹，開始大聲打呼。

就算想睡，也不能睡了。

小藍站起來，伸伸懶腰，光滑的尾巴微微顫抖。落葉季的早晨向來寒冽，雖然育兒室裡很暖和，還是會有冷空氣從刺藤圍籬滲進來。她掃了斑尾的臥鋪一眼，不免嫉妒起小獅頸項那一圈如鬃毛般的濃密毛髮。小金那身淺薑黃色的光滑毛髮讓她看起來比她弟弟小上一號，她在他旁邊蠕動一下，往她母親更偎近了點。

小藍不敢吵醒他們，躡手躡腳地鑽出育兒室。她要趁營地還安靜的時候，獨自享受清晨時光。黎明拂曉的天空在頭頂上無盡延展，如鴿翅般灰濛柔美。她聞到空氣中仍殘留著雀皮、風翔和蛇牙的氣味，想必他們剛剛才離開營地，展開黎明巡邏。落葉在空中飛舞盤旋，最後落在冰冷的空地。她的腳牢牢踩住地面，忍住想跳起來捕抓落葉的衝動。那是小貓玩的遊戲，而她已經快要當見習生了。

小藍深吸一口氣，打開嘴巴，大口灌入林子裡的味道。森林聞起來帶點霉腐味，還有獵物的獨特香味。她開始流口水，好想到金雀花屏障外的林子裡逛一逛。她往營地入口走去，聞聞那令她心癢的氣味。她探頭想從隧道口偷窺一下，好奇黑漆漆的外面究竟有什麼。

「妳想出去啊？」

陽落的聲音害她嚇一跳，她趕緊轉過身，有點罪惡感。

「我只是看看而已。」她喵聲道。

「如果妳想看，我帶妳去。」雷族副族長提議道。

小藍眨眨眼睛。「那松星怎麼辦？他不會生氣嗎？」

「如果是我帶妳去，他不會生氣的。」

「我可以叫小雪一起去嗎？」小藍喵聲道。「她一定也很想去。」

「讓小雪睡吧。」陽落溫柔說道，同時往隧道走去。

小藍興奮到喘不過氣來，趕緊跟上，她感覺到尾巴正輕輕刷過金雀花叢，腳下的地面曾累積無數腳印，踩上去很平滑。

當她從屏障的另一頭出來時，森林的氣味排山倒海地灌進她的口鼻。樹葉、泥土、青苔、獵物——所有氣味都變得好濃郁，彷彿用舌尖就舔得到。一陣風吹來，她的鬍鬚動了動，這裡完全沒有營地裡的熟悉氣味，聞起來既陌生又蠻荒。放眼望去，落葉季將森林的色彩染成玳瑁色，林地上到處可見灌木叢，在清晨曙光下斑駁成影。

陽落帶著她沿著一條常有貓兒走過的小徑往斜坡走去，這個坡陡到小藍得伸長脖子才看得見坡頂。「我們正站在雷族領地的中心位置。」他抬頭看看。「可是得爬到最上面，站在溝谷頂，才能看見邊界四周的林子。」

小藍眨眨眼睛。「要爬上去嗎？」她仔細研究陡坡，好奇雷族貓兒都是怎麼從這些岩石和灌木叢間找路上去的。

「這是最好走的一條路。」陽落走到兩座大圓石中間的一處夾縫，這裡因為常有落石和泥土崩落，於是日積月累出一條斜坡。他先敏捷地跳上去，再跳上另一座大圓石，然後低頭看看小藍。「妳試試看。」

小藍試著走到落石處的底部。剛開始只有幾條尾巴的距離，爬起來還算容易，但斜坡突然變陡，她的腳在鬆動的石頭滑了一跤，她嚇了一跳，情急之下，趕緊往陽落的等待處奮力一跳，好不容易在他旁邊穩住腳步。

「多練幾次就容易多了。」陽落轉身，帶她沿著斜坡上的泥濘溝渠穿梭前進，最後停在另一座大圓石的底部。

小藍驚愕地瞪大眼睛。**該不會要我爬上去吧？**

陽落瞇起眼睛，仰頭看著平滑的岩石表面。「妳能看得到一些凹洞和縫隙嗎？」

小藍細看那座岩石，終於注意到表面有些縫隙和缺口：岩石側邊有個凹洞，她可以從那裡著力，至於上面的縫隙，或許可以讓她靠爪子攀住，再上去一點，還有一個可以使力的缺口。光憑這些小洞和小縫，就能爬上岩石嗎？

她等陽落先爬，但他卻用鼻子指指上頭。「妳先。」他喵聲說。「我就在妳下面，免得妳滑下來。」

小藍伸出爪子。**我不會滑下來的。**

她蹲伏下來，繃緊後腿肌肉，準備跳躍，目光瞄準第一個可以抓牢的點，身子一抖，奮力一跳，爪子勾住石縫，後腿抵住凹洞，身體用力往上撐。她很訝異自己竟然已經攀住岩石表面的第二道裂縫，她繼續往上爬，直到奇蹟似地發現自己站在岩石頂上氣喘吁吁。

她從陡峭的岩壁往下窺看陽落，林地上的他看起來好小。她真的只使了兩三次力就跳上來了嗎？如今的她和營地四周的樹頂一般高，可以看見松鼠在樹梢間倉皇奔逃，逗得她心癢癢地好想去抓。

「妳爬得不錯！」陽落從她身邊悄悄爬上來。「現在妳想走哪條路？」

小藍朝後方掃了一眼，這裡有許多灌木和矮樹，樹根糾結，緊緊攀住陡峭的岩坡。她發現一條足跡頻繁的陡徑，就蜿蜒在一棵樹幹扭曲的榛樹旁。

「走這裡！」她喵聲道，沒等陽落回答，便快步走上小徑。她沿著陡坡小心迂迴前進，在峽谷裡的壘壘圓石之間蛇行穿梭。就快爬到頂了！森林只離她幾條尾巴的距離。

突然腳一滑。驚駭如閃電劈來，腳下泥塊突地崩落，她一路滑下去，腹部著地，手忙腳亂地想抓住什麼，尖聲哀號。

這時有個柔軟的東西在下面擋住她。

「我抓住妳了！」陽落從她下方爬出來，抓住她頸背，把她穩住。她吊在陡坡的半空中，心噗通噗通跳。好不容易踩到地，四隻腳仍顫抖不停。等她終於平衡住自己，陽落才放開她。

「對不起，」她喵聲道。「我不應該走那麼快。」

陽落用尾巴輕輕彈她耳朵。「等妳再長大一點，後腿比較有力，就可以走這條路了，至於現在，我們還是改走別條好了。」

小藍順著他的目光，看到一條礫石小徑蜿蜒而上，路旁都是小石塊。她跟著他走，只離他幾步路之遠。等到離坡頂剩一條尾巴之距時，小路竟在一座陡峭的岩壁前面戛然止住，岩壁上方往外突起，橫在他們頭頂之上。小藍聞到濃郁的森林氣味，看見上方的溝谷崖邊有枝椏橫生。

陽落縱身一躍，跳了上去。小藍深吸一口氣，也跟著往上跳，前爪緊緊攀住覆滿綠草的崖頂，使力想把自己撐上去。她瞥見陽落低下頭來，張嘴想咬住她頸背。

「我自己來！」她搶在他伸手幫忙前，氣喘吁吁地先回絕。她使盡力氣，好不容易撐上崖頂，噗通一聲趴在柔軟的草地上，喘息不止。

「做得好！」陽落向她道賀。

小藍上氣不接下氣，低頭看看下方溝谷，幾乎看不見隱沒在林子裡的營地。下面的空地看起來猶如斑褐樹影外的一抹淺色汙點。她轉頭去看森林，邊緣圍著灌木，放眼望去，林木幢幢，隱沒於黑暗中。枝葉在風中打顫，發出嘎吱聲響。她不禁興奮得全身發抖。

「那裡就是巡邏隊每天狩獵的地方嗎？」她低聲問道。

陽落點點頭。「妳很快就能加入他們。」

我現在就想加入！

陽落突然繃緊肌肉，望著林子，眼睛瞪大。過了一會兒，林子深處傳來詭異的腳步迴音，愈來愈近，連灌木叢都開始沙沙作響，小藍終於看見有貓兒的身影，朝他們飛奔而來。

她走近陽落。「是誰啊？」

「黎明巡邏隊。」陽落的聲音顯得不安。「好像出了什麼事。」

雀皮從羊齒植物叢裡衝了出來，黃色眼睛在拂曉曙光下如火焰般燃燒。他在溝谷邊緣煞住腳步，蛇牙、風翔和鶇皮也跟在後面緊急煞住。

「出了什麼事？」陽落問道。

「風族偷我們的獵物！」雀皮嘶聲道。「我們一定要告訴松星。」說完隨即衝下溝谷邊緣，其他夥伴緊跟在後。

「我們回營地吧。」陽落轉身，也跟著其他貓兒消失在崖邊。

小藍開始發抖。這意思是要開戰了嗎？

當她正要把前腳滑下崖邊時，不由自主地先停下動作。太陽正從遙遠的天際線破繭而出，光芒灑向森林，樹梢染成嫣粉一片。心中突如其來地充滿驕傲與興奮。這是她的領地，她的部族有麻煩。她篤定地告訴自己，只要能幫助雷族，她什麼事都願意做。她半滑半跌地步下陡峭岩坡，跌跌撞撞地回到大圓石處，沿著小路奔向坡底，決心不落在其他戰士之後。

等她抵達坡底時，戰士們已經進入營地，消失在視線裡，她趕緊鑽進金雀花隧道，暗自祈禱千萬別錯過什麼。

空地上，雀皮正在向松星報告始末。其他貓兒全都圍著他們，個個毛髮豎得筆直。石皮和暴尾如灰影一般從蕁麻地那兒慢慢走過來。橫倒在長老窩前那棵斷樹的枝葉也在一陣騷動之後，陸續出現草鬚和雀歌、糊足。知更翅在育兒室前面踱步，耳朵豎得筆直。

斑掌正睡眼惺忪地從見習生窩裡出來，花尾（上次月圓，她才當上戰士，行為舉止卻活像自己是副族長）則很不客氣地從他身邊擠過去。

「別擋路，這是很重要的事！」她厲聲道。「來吧，白眼！」

白眼和花尾同時間得到戰士封號。但小藍總覺得松星有點殘忍，竟然拿她那隻有損美貌的霧色盲眼作她的封號。但白眼似乎並不介意，她像平常一樣自若地跟在她朋友旁邊，經過斑掌身邊時還不好意思地對他聳個肩。

「小藍！」月花在蕨叢隧道那頭喚她。從陰暗處走出來的月花，瞪大雙眼、表情擔憂。「我一直在找妳！妳跑出去啦？」她的喵聲尖銳。「妳又不是不知道妳不可以離開營地！」

小藍很想解釋是陽落帶她去的，但鵝羽和羽鬚正從巫醫窩的空地裡匆匆出來，正好打從銀灰色貓后身邊經過，擋住了她的視線。

捷風急抽著尾巴，從小藍面前匆匆走過。「妳們也要來嗎？」

小藍點頭跟了上去，決定晚點再告訴月花。

松星瞇起眼睛和巡邏隊的戰士交談。「你是說在我們的領地裡看見血跡？」

雀皮點點頭。「松鼠的血，而且很新鮮。」

小藍在捷風旁邊坐下來。「會開戰嗎？」她低聲問道。

捷風抽抽尾尖。「希望不會。」

小雪在她們旁邊緊急煞住腳步，毛髮因興奮過度而亂蓬蓬的。「光是想像開戰的畫面就好刺激喔！」

蛇牙在雷族族長面前走來走去。「風族一定是今天早上殺了那隻松鼠，從四喬木那裡把牠拖回領地。」他咆哮道。

「你們確定是風族幹的？」捷風喊道。

「到處都是風族的氣味！」鶇皮據實以告。這隻年輕的戰士看起來很害怕，毛髮豎得筆直。「都快嗆死我們了。」

風翔偏著頭。「灌木叢裡沒有他們的氣味，」他慢條斯理地說道。「搞不好那味道是從高地那裡飄過來的。」

「飄過來？」雀皮嘲笑道。

「太多巧合了。」蛇牙厲聲道。「松鼠血跡和風族氣味同時出現？一定是他們跨過邊界，殺了雷族的獵物。」

「會不會是被其他生物殺害的？」松星質疑道。「有狐狸的痕跡嗎？」

「沒有新鮮的狐狸痕跡。」蛇牙喘聲道。

松星眨眨眼。「可是有狐狸的味道？」

雀皮的爪子一張一縮。「如果你要仔細聞，狐狸的味道到處都是。」

糊足蹣跚走上前來。「風族以前也幹過這種事。」他提醒他們。

石皮點點頭。「他們碰到落葉季時向來很緊張。兔子都鑽進地洞裡，但林子裡還是有很多獵物。更何況這也不是風族第一次因為餓肚子而越過四喬木，侵入雷族領地。」

「看來也不會是最後一次。」雀皮不悅地補充道。

捷風的尾巴在空中嗖地掃來掃去。「他們怎麼可能餓肚子，落葉季又還沒結束。」

「他們為什麼不到河族或影族那兒去偷？」小藍試探問道。「他們也有共同的邊界啊。」

蛇牙的黃色眼睛轉向她。「他們可能認為有四喬木擋在高地和我們領地之間，就不怕我們採取任何報復行動了。」

「或者他們以為我們這裡比較好偷！」一直在空地邊緣半閉著眼旁聽的暴尾，這時走上前來。「如果他們敢在落葉季還沒結束前就偷我們的獵物，那麼等到最難捱的禿葉季時，難保他們不會偷得更多。我們現在就應該給他們一點教訓，免得他們以為可以隨自己高興過來偷抓我們的獵物。」

小藍感到好驕傲。她父親是真正的戰士，隨時準備為部族而戰。

松星搖搖頭，轉身跳上高聳岩。「還不能開戰。」他下令道。

暴尾平貼耳朵。「你要讓他們繼續偷我們的獵物嗎？」他咆哮道。

「沒有足夠的證據證明是風族幹的。」松星答道。

蛇牙發出低沉的嘶吼。

「你們並沒有看見風族的貓，那裡也沒有留下任何氣味記號。」松星指正道。

「那是因為他們太沒種。」雀皮吼道。族貓紛紛發出同意的私語聲。

松星轉向鶇羽。「星族有給你任何警示嗎？」

鶇羽搖搖頭。「沒有。」他據實回報。

「那麼不管究竟是不是因為他們沒種，」松星吼道，「我都不會只憑這一點證據就冒然開戰。但我會在明天的大集會上警告所有部族，我們會特別警戒。」他俯看陽落。「另外組織一支巡邏隊，沿四喬木的邊界巡邏，如果看見風族的巡邏隊，就警告他們。」他瞇起眼睛。「口頭警告，不准動粗。」

陽落點點頭。「我們也會重新標示那裡的氣味記號。」

小藍看見父親往蛇牙那兒走去，背上毛髮如波浪起伏，最後在蛇牙旁邊坐了下來。兩個戰士交頭接耳，雀皮圍著他們，尾巴豎得筆直。

「他們是不是想去找風族算帳？」她低聲問月花。

銀灰色母貓搖搖頭。「不會。」

一旁的小雪伸爪耙著地上泥土。「要是我就會。」

小藍皺皺鼻子。「我們並不確定是不是風族偷的。」

「但也可能是他們偷的啊！」小雪堅稱道。「先下手為強，總比後悔莫及來得好！要是我，一定會去把他們撕成碎片，看他們以後還敢不敢再來偷獵物。」

月花看著她。「即便妳的族長告訴妳不准去？千萬記住，族長的話就是律法。」

小藍偏著頭，表情困惑。「戰士不是應該把部族擺在第一位嗎？要是松星錯了怎麼辦？」

月花用尾巴順順小雪凌亂的毛髮。「松星做的決定都是為了雷族好，別忘了有星族會指導他。」

「我想也是。」小雪看起來很失望。

小藍看著地面，腦袋嗡嗡作響。族長怎麼可能都是對的？如果沒有星族的指導，族長也能做出正確的決定嗎？

斑掌正要走回見習生窩。「這是我們第一次有機會上戰場欸。」他嘆氣道。

豹掌跳到他面前，擋住去向，蹲成攻擊姿勢。「我們應該撕爛他們。」

空地上的貓群開始散去，仍坐在高聳岩上的松星卻在這時語氣和悅地喚住大家。「還有另一件事。」他開口道。

小藍抬頭望向高聳岩，充滿好奇。

「我現在要任命兩個新的見習生。」

是誰啊？她突然懂了。

「一定是我們！」她對小雪嘶聲說道。

小雪的眼睛早就在發亮，一臉期待的模樣。

「我不知道他今天會宣布！」月花急忙走向她們，聲音聽起來很慌張。「妳看看妳！」小藍沮喪地看著自己身上的毛，她剛剛在山谷裡上下爬行，身上沾滿了泥巴和塵土。

「快點洗一洗！」

來不及了。

捷風退到一旁，糊足和陽落也回到高聳岩下方找位置坐定。

小雪已經蹦蹦跳跳地跑到前面去，小藍仍在猶豫不決，總覺得自己太髒，很不好意思，她非常在意大家的看法。

「來吧。」月花低聲說道，將小藍推到前面。「身上髒不髒沒關係，」她的眼裡帶有驕傲的光芒。「重要的是妳的精神。」

小藍深吸一口氣，跟著妹妹站在高聳岩下方，只希望沒有貓兒會注意到她的腳在發抖。

松星俯看下方。「妳們已經和我們一起生活了六個月，從今天起，妳們將開始接受訓練。妳們的父親是位勇猛的戰士，對雷族忠心不二，希望妳們兩位能承襲他的精神。」

小藍瞥了她父親一眼。他已經不再和蛇牙低頭交談，而是專注看著儀式進行。小藍的腿抖得更厲害了。為什麼自己看起來這麼邋遢？

「小雪！」松星的聲音在冷冽的空氣中響起，這時太陽已經露臉，營地沐浴在粉紅色的曙光裡。

小雪抬起頭來。

「從今天起，妳將更名為雪掌。」

小雪挺起胸膛，松星掃視高聳岩下方的觀禮戰士。「雀皮。」他喊道。

那隻暗棕色的虎斑貓趕緊抬頭看他，彷彿很意外。

「妳將擔任雪掌的導師，由你來負責她訓練成為優良的戰士。」

雀皮眨眨眼，上前一步，鼻子碰一碰雪掌的額頭。

「小藍，」松星繼續說，「在妳得到戰士封號之前，妳將更名為藍掌，妳的導師是石皮。」

石皮走到她旁邊。「妳還是不能進戰士窩哦。」他揶揄道，用鼻子輕頂她的額頭。

藍掌根本不敢相信，從今晚開始，她就要睡在見習生窩了！

第四章

「藍掌！藍掌！」

整個部族反覆高喊她的新名字。藍掌環顧空地，剎時覺得自己如高聳岩般高高在上。她終於有機會為部族效忠了。

暴尾對她輕輕頷首，她好想跑過去，親膩地用鼻子抵住他，但她的腳爪沒有動，只能默默看著他又把頭轉向蛇牙。

「真不敢相信！」雪掌向她跑來，發出快樂的喵嗚聲。

小玫瑰、小甜和小薊也穿過空地，朝她們衝過來，興奮地喵喵叫。

「妳們是見習生了耶！」小甜尖聲叫著。

小玫瑰繞著她們又蹦又跳。「我們會想妳們的。」

小薊的眼神卻帶著惱色。「我不懂為什麼妳們可以當見習生，我不可以，我的個子跟妳們差不多大。」

小甜翻翻白眼。「才沒有呢，你老愛吹

牛。」

「別擔心，小薊，」雪掌向他保證道。「我會把我學會的戰技全教給你。」

小薊仰起頭。「我的戰鬥技巧本來就比妳好！」他狂妄說道。

藍掌真恨不得賞他一個巴掌。他起碼應該懂得尊重族裡的見習生。

「恭喜妳們！」捷風快步走向她們，尾巴抬得高高的。

藍掌發出快樂的喵嗚聲，轉頭四處尋找她的母親。

月花正在和暴尾交談，但一捕捉到藍掌的目光，立刻丟下暴尾，朝她們走來。「我真以妳們為榮！」她回頭看了一眼暴尾。「妳們的父親也一樣。」

暴尾似乎是在她的示意下，才慢慢走過來。蛇牙瞇起眼睛，跟在後面，彷彿有什麼事情正困擾著他。

「妳們表現得很好。」暴尾的目光輕輕掃過藍掌那滿是泥巴的腳。她趕緊碰地一聲坐下，把腳藏起來，不讓他瞧見。

「我們一定會成為最優秀的見習生！」雪掌開心地說道。

暴尾彈彈尾巴。「這是最起碼的要求。」

鶇羽也走了過來，羽鬚跟在身邊。「恭喜妳們兩位。」他熱情說道。

「謝謝你。」藍掌垂頭致意。

鶇羽向暴尾點個頭。「你一定很以她們為榮。」

暴尾耳朵抽了抽。「當然。」

蛇牙若無其事地用爪子撥撥耳朵。「真有意思，松星竟然選在這時候將妳們升格為見習生，」他突然停住，腳爪仍停在半空中，兩眼上下打量藍掌。「害我差點真的以為他是臨時起意。」

藍掌偏著頭。「這話是什麼意思？」

「沒有什麼意思。」月花很快打斷，怒視蛇牙。「對不對？」

雜棕色的公貓毫無忌憚地迎視她。「這麼做可以分散大家的注意力，我們就不會再去想風族盜獵的事了。」

鵝羽彈彈尾巴。「蛇牙，就算要開戰，也需要更多戰士投入。」

蛇牙聳聳肩。「沒錯，是需要戰士投入，但不需要見習生吧？」

雪掌毛髮瞬間蓬了起來。「我們也像其他貓兒一樣可以上戰場。」

蛇牙鬍鬚動了動。「我相信妳們會全力以赴，但妳們還是得先接受訓練才能成為戰士，而現在又還沒訓練。」

藍掌突然覺得自己好沒有用。天啊，她怎麼會自以為能幫上部族的忙？她心裡瞬間涼了下來，所以蛇牙說得沒錯，松星將她們升格為見習生，只是為了阻止和風族開戰？

石皮的喵聲打斷了藍掌的思緒。「我希望妳已經準備好，可以再去爬一次那座溝谷。」

心裡的涼意褪去，她的熱情又被點燃。「現在就要去嗎？」

「愈早訓練愈好。」石皮喵聲道。「如果風族真的有什麼打算，我就得盡早教會妳所有戰鬥技巧。」

他要訓練她如何和風族作戰！藍掌興奮莫名。石皮帶著她走向營地入口。這一切都是真的！她是見習生了！這一次，她要大搖大擺地走進森林，再也不是那隻只能躲在入口偷看，深怕受到責罵的小貓。石皮要帶她去看什麼呢？要告訴她哪裡可以抓到最肥美的獵物嗎？他要教她什麼？如何出其不意地攻擊敵營的貓嗎？當她跟著他爬上溝谷時，心不禁狂跳起來。這條小路她已經知道怎麼走，如今走起來，感覺輕鬆多了。

他們的身後傳來石塊崩落聲，藍掌回頭看見雪掌和雀皮也跳上了溝谷。

「你們也要去森林嗎？」藍掌看見雪掌追了上來，心裡微微嫉妒。她真希望這片森林只屬於她。

「是啊！」雪掌從她身邊跳過，衝到前面去。雪掌的腿長，所以攀爬對她來說並不困難。雀皮在後面告知方向。「走兩座大圓石中間那條路，」他喊道。「通常只有戰士走那裡，不過我想妳應該跳得上去。」

藍掌也加快腳步，一等小路變得平坦，立刻往前衝，快步穿梭於灌木叢間。憑什麼要讓雪掌先進森林。

「小心點！」石皮發出警告，原來她踩踏得太用力了，結果把斜坡上的小石子都踢了下來。「後面或許還有夥伴跟著。」

「對不起。」藍掌只好放慢腳步，小心地踩。她看見雪掌消失在溝谷盡頭，不免覺得沮喪。

「速度並不重要。」石皮告訴她。「戰士衝得比獵物快，反而什麼也抓不到。」

是喔！她又爬了幾步，終於爬到最上面，然後攀上山脊，轉身看下方的營地。

雪掌也在欣賞風景，黎明曙光下，她的眼睛像天空一樣藍。「好遠哦！」她吸口氣道。

藍掌得意洋洋，因為她早就看過這些風景了。「妳看，」她指給雪掌看。「可以看見空地，就在那裡，妳從樹枝縫隙裡往下看。」

雪掌仔細瞧，耳朵豎得筆直。「在那根斷樹旁邊玩的，是不是小薊和小玫瑰？」

鮮亮的空地上有兩個熟悉的身影正在翻滾。從高處往下看，他們變得好小。藍掌抬起一隻前腳，心想也許他們會看見她，但小貓們根本沒抬頭。突然間，藍掌有種離以前室友好遠好遠的感慨。

雀皮站在林子邊緣。「來吧！」他朝雪掌喊道。「我帶妳去看那條河。」

河！藍掌想像不出來河長什麼樣子。她只有在巫醫窩裡的草地上，還有營地裡的水池裡看過水。她知道河很寬，就像風吹過樹梢一樣會流動。

「我們也可以去看河嗎？」她問石皮。

石皮搖搖頭。「我們還有更重要的事要做。」

藍掌試著壓下失望的情緒。畢竟，更重要的事可能是指比看河還要刺激有趣的事。雪掌的白色身影跟著雀皮一起消失在森林裡，藍掌快步跟上石皮，走進林子。

林間半禿的枝椏將地上的陽光切割成虎斑狀。藍掌聞到獵物的氣味——不是死掉的獵物氣味，而是某種更誘人的味道。她聞到老鼠、麻雀、松鼠和地鼠，全都充滿生命力，令她口水直流。

「我們要狩獵嗎？」她問道。

「不是今天。」石皮跳過地上一棵橫倒的樹幹，等她爬過來，才又往林子深處走去。

「巡邏邊界？」

石皮搖搖頭。

「帶我去看邊界在哪裡？」

「以後會帶妳去。」

他們走下一個小斜坡，枯葉踩在腳下，嘎吱作響。

「要去練習戰鬥技巧？」藍掌心想石皮一定是有什麼出其意表的計畫。他看起來好神祕。

「第一招應該學什麼？」

「改天再學。」

「那我們到底要做什麼？」

石皮停在一棵老橡樹的下方，粗大的樹根像蛇一樣盤踞地表，上頭覆滿豐厚的青苔。「我要教妳怎麼幫長老採集臥鋪的墊子。」

「什麼？青苔？」藍掌的聲音難掩失望。

「這樣他們才有溫暖的臥鋪啊。」石皮解釋道。

「可是我以為……」

「難道妳要他們自己翻山越嶺，來這裡採集啊？」石皮冷靜地看著她。

「不是啦！」藍掌搖搖頭。「我當然不是這意思。我只是以為……」她將原本想說的牢騷吞回去。部族絕對擺在第一位，長老需要睡乾淨、柔軟和新鮮的臥鋪。她不希望石皮覺得她自私。只是當她開始用爪子挖掘樹根上那如海綿般濕軟的青苔時，心裡仍不免有些埋怨。

「等一下，」石皮的腳爪壓在她掌上。「妳連泥巴都挖出來了，長老不喜歡這種臥鋪，我示範給妳看。」

藍掌坐下來看石皮示範。「先把腳掌拱成這樣，再盡可能伸開爪子。」他精準俐落地往樹根一鏟，一坨乾淨的青苔立刻出現在他掌間，至於泥巴和草根仍完整無缺地留在樹皮上。「現在妳來試試看。」

藍掌學他先拱起腳掌，再用力張開爪子往青苔一鏟，結果鏟起來的青苔面積太小了，而且邊緣很不平整，不過草根和泥巴倒是沒被鏟到。

「很好！」石皮開心說道。「繼續練習。」

他坐下來看，藍掌鏟了一坨又一坨的青苔，疊在地上，愈堆愈高。過了一會兒，她開始發現自己的動作帶有某種節奏，並注意到她鏟的青苔愈來愈大塊，也愈來愈平整。她停頓一下，看看石皮，希望聽到他的讚美。她看見他眼睛看得發亮，心裡著實高興。

「妳真是天生好手。」他告訴她。「不過妳可能不知道，妳正在練習很重要的戰鬥和狩獵技巧。」

藍星眼睛眨一眨。「怎麼可能？」

「因為妳的爪子每鏟一次，揮爪的動作就愈流暢。」石皮解釋道。「等妳精通此道之後，便能易如反掌地以爪子攻擊對手的口鼻，也能俐落地捕殺獵物。」

藍掌發出快樂的喵嗚聲，很得意自己採集到這麼多青苔。

「現在，」石皮繼續說道。「我們得把它們搬回家了。」

藍掌立刻低下頭，叼了一大把起來。

「照妳這方式，恐怕得來回運送好幾趟。」石皮警告道。藍掌剛剛的確好不容易才從那一大疊青苔的最上層叼了幾片起來。

「妳要像這樣先把它們壓扁。」石皮熟練地用腳去壓青苔，將水擠出來。「再全部捲起來，夾在下巴底下。」他把一大綑夾在下巴底下固定好，接著繼續說：「這樣妳就有嘴巴再叼一些起來。」

藍掌不敢笑，因為石皮看起來好滑稽，他的下巴緊貼前胸，夾在中間的青苔從兩頭迸出來。

「不要笑我！」他嚴肅地說道。「我知道這樣子看起來很滑稽，可是妳想多爬一次溝谷嗎？」

藍掌搖搖頭。

「我也不想。」石皮彈彈尾巴。「想像我們就是這樣把獵物帶回營裡給飢餓的貓兒吃。我們帶得愈多，他們就吃得愈飽。」

藍掌不安地蠕動四隻腳。畢竟她從來沒從這樣的角度去想過這件事情。她開始用力壓擠那疊青苔，學石皮一樣將它們捲起來，再低下身子用下巴夾緊。只是夾在胸前的動作比她想像中難，尤其當她要用嘴咬住第二綑青苔時，更是難上加難。下溝谷前，叼在嘴裡和夾在胸前的青苔各掉過兩次，而每一次，石皮都在旁邊耐心等候她撿起來。他沒有給她太多建議，只是站在旁邊看，不時點頭稱讚她的百折不撓。

站在岩坡頂上的藍掌嗅聞一下空氣，尋找雪掌的蹤跡。她可不希望讓妹妹看見她的蠢樣兒：下巴壓低，胸前的毛被潮濕的青苔弄得濕答答的。

至於爬下溝谷的模樣更是蠢到極點。她根本看不見自己的腳，只能憑感覺一步一步往下爬。她發現前面的石皮只離她幾步遠，每次她腳一滑，他便在下面擋住她，直到終於抵達谷底，她才鬆了口氣。但就連金雀花隧道也要找她麻煩，她夾在下巴底下的青苔有半綑被金雀花勾住，掉了下來。

「去他的鼠大便！」她一邊咒罵，一邊扭過身子，好不容易拾了起來，拖進空地。

我八成是第一個倒著走進營裡的貓！她下巴拖著青苔，屁股朝前，笨手笨腳地從隧道裡出來，尷尬到身子都發燙。

豹掌經過旁邊。「在忙啊？」這位見習生低下墨黑的鼻口，睨了藍掌一眼。

藍掌放下青苔，迎視豹掌。「我學會了怎麼靈活運用爪子，還有用什麼方法可以一次帶兩隻獵物回來。」

「換言之，妳帶了青苔回來。」豹掌不以為然地說道。

豹掌說完便往獵物堆走去，藍掌沒好氣地用力甩著尾巴。這時她瞄見石皮站在斷樹那兒旁觀，青苔堆在腳邊，眼睛發亮，一副很樂的模樣。藍掌懊惱地暗自低吼，重新捆好青苔，滿肚子火地穿過空地去找他。

「戰士守則裡有沒有說你可以在室友的臥鋪裡偷塞一根刺？」藍掌呸掉嘴裡的青苔，這樣問道。

石皮搖搖頭，鬍鬚抽了抽。「我想應該不可以吧，不過我相信妳不是第一個想這麼做的貓。」他拾起青苔，從斷幹殘枝間擠了進去。

藍掌嘆口氣，隨後跟上。

「太好了。」當他們進到長老窩時，雀歌這樣說道。「我剛剛還在想我再也不要睡在蕨叢裡，因為實在太冷了。」

趴在地上的糊足，這時也抬起頭來看著藍掌。「升格為見習生的感覺如何？」

「很棒！」她撒謊道。**如果是去打獵而不是整理臥鋪，一定會很棒。**但她趕緊甩開這個念頭，提醒自己，整理臥鋪其實也很重要，不過還是無法完全說服自己。

石皮正在整理草鬚的臥鋪，幫忙拔除腐壞的蕨葉。藍掌也趕緊過去幫他，草鬚坐在一旁，兩眼微閉，好像正在打盹兒。

「把青苔拿來。」石皮清好臥鋪後說道。

藍掌叼起青苔，鋪在草鬚的臥鋪上。石皮熟練地用爪子耙鬆，塞進蕨葉的莖根間，把它填成柔軟的綠色墊子。「我們明天會再摘些新的蕨葉來把臥鋪旁邊墊齊。」他向草鬚承諾道。

「很好。」草鬚打個呵欠。「這天氣害得我骨頭好痠。」

他連一個謝字都沒說！藍掌把多出來的青苔掃到旁邊，閉上嘴巴，一句話也沒說。

草鬚爬進臥鋪，他們則轉移陣地，改整理雀歌的。「裡頭有根刺！」草鬚突然抱怨道。

「我看看，」石皮趕緊跑回去看。草鬚行動不便地將身子挪到旁邊，石皮連忙在臥鋪裡翻找，結果找到青苔的根。「沒把它的根清乾淨。」他把根拔掉，丟到舊墊子裡。

草鬚搖搖頭。「新見習生就是這點不好，」他嘆口氣。「他們老是會留一些刺刺扎扎的東西在裡頭。」他爬回臥鋪，蜷躺下來。「你們就不能找一些比較乾的青苔嗎？這很濕欸。」

「等一下就乾了，因為才剛從樹根上拔下來。」石皮保證道。

藍掌繃緊尾巴，但還是氣得有些發抖。**真是不懂感恩！**剛剛鏟了那麼多青苔，害她的腳爪到現在都還在痛，草鬚卻只會雞蛋裡挑骨頭。不過石皮一點也不介意，轉身走到雀歌的臥鋪那兒繼續工作。

藍掌氣呼呼地，表情僵硬地蹲在他旁邊幫忙。等到整理好三個臥鋪，搬走舊墊子，丟到貓兒們平常如廁的地方，她已經累壞了，這時落葉季的太陽也開始從樹頂往下沉。

「妳應該犒賞一下自己，」石皮告訴她。「去獵物堆那兒挑個東西和室友一塊兒吃吧。」豹掌和斑掌正在樹墩旁邊進食，他朝那方向示個意。「妳今天工作得很辛苦。」

他的讚美令藍掌精神一振。她向他垂頭致意，便到獵物堆那裡挑了一隻老鼠出來，走到斑掌旁邊坐定，冷冷瞄了豹掌一眼，只因她嘲笑過她。

黑色母貓正在吃一隻歌鶇鳥，她突然停下進食動作。「我猜他們一定連個謝字都沒說。」

藍掌瞪著她。「妳是說長老嗎？」

「他們是出了名的抱怨鬼，」豹掌喵聲道。「我猜大概是因為他們曾勞苦功高過，所以享有這種特權吧。可是當我們在幫他們清理臭臥鋪時，這種態度只會令我們反感。」

斑掌拿腳掌蹭蹭自己的口鼻。「絨皮說他們之所以性情乖戾，是因為他們再也沒本事自己動手清理臥鋪了。」

「有見習生服侍他們，已經算他們走運了！」豹掌發表意見道。「來，」她丟了一塊歌鶇鳥的肉給她。「妳忙了一整天，光吃那隻老鼠，不會飽的。」

藍掌終於感覺到自己真的升格為見習生了。她愉悅地喵嗚一聲。「謝了，豹掌。」

「有福同享。」黑色母貓答道。

藍掌開心地咬一口鳥肉，森林的味道彷彿正在她舌間唱歌，完全沒察覺到有腳步聲朝她走來。

「我明天帶妳去狩獵。」

藍掌驚訝抬頭，看見石皮站在她上方。她趕緊嚥下鳥肉。「真的？」

「我們中午出發。看妳能不能把今天學到的技巧活用在狩獵上。」

藍掌望著石皮的背影，只見他慢慢走到蕁麻地那裡找蛇牙和褐斑。她得意到有點飄飄然，好希望雪掌快點回來。她等不及想告訴妹妹她學到什麼。當上雷族見習生的感覺實在太棒了！

第五章

我要去狩獵了！

藍掌坐立難安地等在金雀花屏障旁。她一再抬頭仰望天空，想確定到底正午了沒？石皮呢？他忘了他答應過什麼嗎？先前不是跟草鬚說好要幫他再鋪點蕨葉？難道也忘了？他是不是常忘記自己答應過的事？

「妳猜怎麼著？」雪掌從空地對面衝過來。「雀皮告訴我，我們要和你們一起去狩獵。」

「石皮呢？」

「他在長老窩裡鋪蕨葉。」

我應該去幫忙吧？

藍掌趕緊衝去找石皮。她才剛趕到斷樹那裡，便見到他從殘枝間爬了出來，毛髮上沾蕨葉的屑渣。他甩掉它們，往金雀花屏障走去。

「對不起，」她脫口而出。「我應該早點來幫忙的……」

「沒關係，」他打斷她。「我只是希望妳

的第一次狩獵能有個愉快的開始。」

「我們真的要去嗎？」她低聲說道。

石皮點點頭。「當然。」

「終於！」雪掌砰地一聲坐在地上。「我還以為昨天花了一整天看過邊界後，再也沒有什麼有趣的事可以做了。」

「至少妳看過四喬木啦！」藍掌真希望她昨天是去探索雷族領地，而不是收集青苔。

「四喬木！」雪掌語氣不屑，還翻翻白眼。「我看到的樹還真不是普通的多，可是都不准我爬上去，也不准我在樹根底下找獵物。」她故意壓低音調，學雀皮一樣低吼。「這是我們跟河族的邊界，要記住他們的氣味喔。」她彈彈尾巴，又恢復自己的聲音。「好像深怕我會忘掉魚腥味有多臭似的。」

「準備好了嗎？」

雀皮的聲音把雪掌嚇了一跳，她趕緊轉過身去。

「我等好久了。」雪掌喵聲道。

雀皮已經往隧道走去。「那就走吧。」

藍掌跟上去，搶在雪掌之前第一個衝到溝谷處。她抬頭仰望斜坡，只見樹枝像尾巴一樣在風中搖擺，似乎在誘引她進入森林，她亢奮到連腳爪都微微刺痛。

「第一次狩獵不要抱太大希望。」石皮走過來站在她身邊，這樣警告道。「妳要學的東西還很多。」

我已經準備好了！藍掌伸出爪子，開始攀爬。

石皮在前方帶路，鬆軟的白雲爭相飛過天際。他們爬上山脊，野風襲來，拂亂藍掌的毛髮，她的胸口漲滿喜悅。

石皮瞥了雀皮一眼。「貓頭鷹樹？」

「大梧桐樹的獵物可能比較多。」雀皮提議道。

「因為有貓頭鷹？」藍掌揣測道。

石皮點點頭。「連老鼠都知道最好別和貓頭鷹住在一起。」他往林子走去，藍掌隨後跟上，她抬頭看看四周櫛比鱗次的林木，只剩幾片枯葉殘留枝椏間，樹幹在蔚藍的天空下交錯橫生，隨風兒嘎吱作響。

她穿過林子，注意到矮樹叢間有許多足印。石皮帶著他們走進羊齒植物的下方，那兒仍聞得到豹掌殘留的氣味。他們沿著留有陽落味道的刺藤叢繼續往前走，藍掌還見帶刺的枝幹上猶勾掛著幾撮橘色毛髮。石皮繼續前進，林子的坡度緩緩上升。

「還有多遠？」藍掌看看後方，試圖記住剛剛的來時路。她能自己找得到路回家嗎？

「沒多遠了。」雀皮承諾道。

眼前的樹木和灌木看起來大同小異。下坡走完，爬上坡，上坡爬完，走下坡。

終於石皮停下腳步。「我們到了。」

雀皮在前面帶路，抬高挺胸，迂迴行進。前方是一棵高大的樹，一柱擎天，樹冠如華蓋遮住天空。

大梧桐樹！

有些樹根粗如枝幹，在鋪滿落葉的林地上盤根錯結，深入地底。

藍掌亢奮到全身微微刺痛，她聞到獵物的味道，頭頂上鳥聲吱喳，樹下落葉被微風和小動物撥弄得窸窣作響。藍掌真想將腳爪探進金黃色的落葉堆裡。

「狩獵的第一課，」石皮開口道。「就是要有耐心。」

雀皮點點頭。「真正厲害的狩獵者瞭解等待的重要性。」

「我們為什麼不直接在這些落葉底下翻找，也許可以找到什麼。」藍掌滿心期待地說道。

石皮搖搖頭。「小動物會被妳嚇得逃回地底下。」他朝離樹根有三隻狐狸長的一株矮樹叢走去。那株矮樹叢的枝葉仍然茂密，他很快消失在樹叢後面。雀皮跟了上去，並用尾巴示意兩位見習生跟上。

「樹叢後面有獵物嗎？」雪掌瞪大眼睛問道。

「獵物沒那麼笨。」雀皮喵聲說。

石皮已經蹲在矮樹叢後方，腹部平貼地面，兩眼透過低矮的枝椏縫隙窺看梧桐樹的樹根。

「蹲下來。」他低語道。

藍掌蹲在他旁邊，雪掌和雀皮也緊挨她蹲下。她瞇起眼睛，隔著矮樹叢往外窺看，納悶究竟能看到什麼。

「除非看到獵物，否則不准動。」石皮建議道。

「獵物會走到空曠處嗎？」雪掌問道。

「我們現在在下風處，所以可能會有獵物出來。」雀皮告訴她。「妳看到梧桐樹的莢果了嗎？」藍掌掃視林地，注意到一些翅膀狀的小東西散置在落葉間，看起來像是小小的飛蛾停在地面上。

「有莢果的地方就有蟲。」雀皮喵聲說。

「有蟲的地方，就有獵物。」石皮接口說完。這時灰色戰士突然一愣，耳朵豎直。藍掌順著他的目光，看見一隻毛茸茸的生物正沿著樹根跑出來。

老鼠！

她背上的毛髮頓時根根豎起，爪子出鞘。「我們什麼時候撲上去？」她向石皮嘶聲問道。

「還不到時候……」

但話還沒說完，雪掌已經衝上前，矮木叢劈里啪啦作響，林地落葉一陣亂飛，她撲上去，但老鼠不見了。雪掌砰地一聲跌坐地上，尾巴掃過落葉，縮起肩膀、平貼耳朵，懊惱不已。

「去你的老鼠屎！」

她轉身，昂首闊步地回到夥伴旁邊。雀皮一看到她回來，立刻搖頭。「我欣賞妳的衝勁，」他喵聲說。「但技巧有待加強。」

他的語氣帶點嘲諷，藍掌的鬍鬚抽了抽，差點就想笑出來。

雪掌轉頭瞪她。「妳敢笑？」

藍掌機伶地後退一步。兩姊妹的目光後來才又對上，藍掌見到雪掌的怒氣消了，終於鬆口氣。

「對不起，」雪掌歉聲道。「我只是很懊惱。」

「不過妳速度好快哦。」藍掌鼓勵她。

「要想抓老鼠，光靠速度快是不夠的，」雀皮喵聲道。「牠們不敢離地底洞穴太遠，所以一下子就會不見，這也是為什麼妳們必須精通潛行的技巧，這種技巧比速度來得重要多了。」

石皮看看雀皮。「也許我們改天再來狩獵，先練習潛行好了。」

雀皮點點頭，雪掌卻嘆了口氣。

不過藍掌倒是急著想讓她的導師瞧瞧斑掌曾教她的技巧。她立刻壓低身子，尾巴輕貼地面，匍匐前進。

「還不錯。」石皮喵聲道，不過尾巴要再抬高一點，千萬不能在地上拖，下巴也要再低一點，耳朵貼平。妳必須把自己偽裝起來。」

「像這樣？」雪掌在藍掌旁邊蹲下來，耳朵平貼，下巴像蛇一樣貼近地面，搖來擺去。

「很好，」雀皮讚美她。「現在慢慢前進，記住，動作盡可能放輕。」

藍掌輕輕探出一隻腳，身子跟著往前滑移。當她提起肚子時，耳裡聽見肚皮在落葉間拖行的聲音。她每個步伐都踩得很輕，腳下的落葉沒有發出任何一絲嘎吱聲響。

「很有潛力哦！」石皮滿意地發出喵嗚聲，藍掌吁口氣，寬下心來。

他們一直練習到太陽沒到林子後方。

「我們該回家了。」雀皮大聲說道。

「再練一次就好。」藍掌懇求道。她已經快練成不會打草驚蛇的潛行功夫了。

「妳可以在營地裡練啊。」

「可是那裡沒有那麼多落葉。」藍掌抱怨道。

雪掌坐了起來，抖抖身上的毛。「拜託啦，藍掌，愈來愈冷了，而且我好餓喔。」

藍掌嘆口氣，直起身子。「好吧。」

她看見雀皮和雪掌帶頭往林子的方向走去。

「我們可以明天再練習。」石皮承諾道，說完也調頭跟雀皮走。

藍掌落在後面，離他們有幾條尾巴的距離，她真希望現在就能練習。這時突然有腳爪劃過樹皮的聲音，她當場一愣，左右瞧瞧，竟然瞄見一隻松鼠坐在樹根上，手裡捧著堅果啃咬，專注享用眼前美食。

藍掌立刻蹲下去，輕提肚皮和尾巴，免得觸及地上落葉，慢慢匍匐過去，像蛇在岩石上爬行一樣悄然無聲。她興奮到微微發抖，心臟噗通噗通地跳，心想松鼠八成也聽見了。可是那隻松鼠盡顧著吃，什麼也沒察覺，藍掌愈走愈近，近到幾乎能聽見牠的牙齒刮磨堅果的聲音。她屏住呼吸，停止動作，後半身壓在地上，繃緊後腿肌肉。

上！

松鼠根本沒時間逃，她先摑牠一掌，將牠壓在地上，尖牙往頸子一咬，掌下的松鼠立時癱軟，溫熱的血味頓時令她措手不及。

「怎麼了？」石皮縱身跳進她身後的樹根上，毛髮豎得筆直。

藍掌坐起身子，一隻大松鼠叼在她嘴裡。

石皮眼睛一亮。「幹得好！」

雀皮和雪掌也出現在他身後。雪掌瞪大眼睛，雀皮則是目瞪口呆好一會兒。

「妳抓的？」

藍掌點點頭，快樂得像有隻小鳥在她心裡撲撲飛跳。

「牠體型幾乎跟妳一樣大欸。」雪掌低聲道。

「感謝星族賜予食物餵飽我們部族。」石皮喵聲說。

感謝星族！

石皮身子輕輕刷過她。「趁牠還溫熱的時候，快帶回去吧。」

他從她嘴裡接過那隻松鼠，藍掌這才鬆了口氣，她本來還在擔心要怎麼把牠帶回去。「謝謝。」她開心地快步越過他，往溝谷走去。

⚡⚡⚡

「怎麼可能！」當石皮把松鼠放在獵物堆裡時，豹掌一臉不可置信。

「是她自己抓的！」雪掌吹捧她的姊姊。

貓兒們全聚上去觀賞她的獵物，藍掌垂目低眉，深怕他們覺得她太得意。

「這真的是妳第一次上狩獵課？」鶇皮問道，那聲音聽起來非常佩服。

藍掌點點頭。

「你真是有福氣，竟然收到一個這麼厲害的徒弟。」絨皮告訴石皮。

「是雷族有福氣！」風翔的淺綠色眼睛瞪得圓圓的。「就我記憶所及，從來沒有一個見習生能第一次出手就成功的。」

藍掌掃視營地。暴尾在哪裡？他看見她的獵物了嗎？當她發現營裡根本不見他的蹤影，也聞不到他的氣味時，簡直沮喪到連毛髮都微微刺痛。他一定是出去執行黃昏巡邏任務了。

她感覺到月花正用口鼻輕撫她的面頰。「我覺得好驕傲！」她低聲道。

「我明天也要抓獵物回來。」雪掌承諾道。

「這又不是比賽。」雀皮提醒她。

草鬚從斷樹那頭走過來。「我聞到新鮮松鼠的味道。」

雪掌跑過去迎接他。「藍掌抓的喔。」她大聲說道。

正當草鬚還在讚嘆這了不起的成就時，石皮卻把藍掌帶到一旁。「妳今天的表現令我刮目相看，妳不僅專心聽講，而且學習力很強。」

藍掌忍住想大聲歡呼的衝動。

「我希望妳今天晚上能來參加大集會。」

藍掌倒吸口氣。她才當了兩天見習生，就可以去見其他部族了嗎？她會是大集會裡年紀最小的貓兒，那兒會有很多新面孔，而且她從來沒去過那裡——萬一迷路了怎麼辦？要是找不到自己的部族怎麼辦？她開始緊張起來，胃糾成一團。

「我以為妳想參加？」石皮質疑道。

藍掌趕緊點頭。她才不會放棄這大好機會，不管心裡有多惶恐。

「那就好，先去吃點東西，盡量多休息，等天黑了，我們就出發了。」

⚡⚡⚡

月光下，金雀花叢在微風中輕擺低吟，星星升起，將營地染成銀白色。

戰士們齊聚營地入口，準備出發。

藍掌莫名焦慮。她跟得上隊伍的步伐嗎？她剛小睡了一會兒，可是白天的狩獵害她的腿到現在都還很痠痛。

「我真希望能跟妳一起去。」雪掌滿臉不悅地彈彈尾巴。

「我也希望妳跟我一起去啊。」藍掌答道。

風翔正把小薊推回育兒室。「再過不久，就輪到你了。」

「可是我個子跟藍掌差不多大，她都可以去。」小薊抱怨道。

「你又不是見習生。」風翔提醒他。

蛇牙瞪著高聳岩看，褐斑則在他身旁走來走去，目光炯炯。暴尾則和石皮在金雀花叢旁交談。他們是在談她的訓練課程嗎？藍掌將腳塞進肚子底下，真希望自己別那麼緊張。

月花緊挨著她。「只要跟好我就行了。」

「我不是應該跟著豹掌和斑掌嗎？」她看見那兩個見習生正站在入口處聊天，他們的尾巴光滑柔亮，耳朵豎得筆直，毛髮整齊服貼。難道他們不緊張嗎？

「下一次，」月花建議道。「妳就知道怎麼做了。」

怎麼做？藍掌心中警鈴大作。她的意思是我必須做什麼嗎？

「我是指……」月花憐愛地看著她。「行為舉止。」

「我的行為舉止要怎麼樣？」

「大集會是依據休戰協定舉辦的，每逢月圓的晚上，只要銀毛星群現身夜空，我們四大部族便得合而為一……」月花停頓一下，彷彿正在小心權衡自己的用詞。「但別忘了協定終會結束。」

藍掌偏著頭。

「到了明天，我們又成了彼此的勁敵，」月花解釋道。「所以千萬別說溜嘴，傷害自己的部族，也千萬別和那些改天可能和妳沙場相見的異族貓兒交朋友。」

藍掌急忙點頭。她根本無法想像和別族貓兒交談，更別提交朋友了。

松星窩洞口的地衣簾幕一陣窸窣。坐在洞外的陽落立刻起身，迎接族長到來。

「都準備好了嗎？」松星問他。

陽落掃了一眼集合在營地入口處的貓兒們，然後點點頭。

「那麼我們走吧。」松星領頭穿過空地，昂首闊步，貓兒們自動讓出一條路。

「你會質問風族有沒有偷盜我們獵物嗎？」蛇牙才一開口，現場立刻一片沉默。

松星猶豫了一下，掃視所有戰士。「我會提到我們發現血跡，警告其他三族，邊界裡的獵物都歸雷族所有。」

風翔和捷風點頭應和，蛇牙卻瞇起眼睛。

松星瞪看那隻雜色的虎斑貓。「我不會無端指控風族。」他的聲音堅定，說完隨即從容越過蛇牙，走出營外。蛇牙一句話也沒吭。

藍掌站在原地看著貓兒們魚貫走進隧道。

「我們走吧，小東西。」月花把她往前推。「不會有事的。」

「要記住整個集會過程哦，回來再告訴我！」藍掌跟著母親走向入口，雪掌在後方這樣喊道。「我會等到妳回來再睡。」

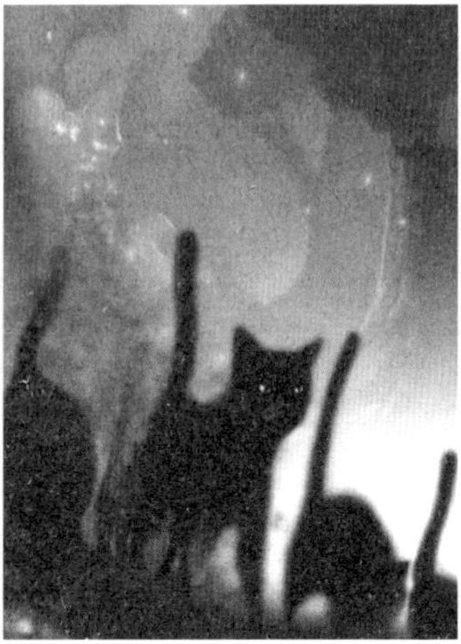

第六章

「結果呢？」雪掌繞著藍掌轉，藍掌卻全身無力地往見習生窩走去。她的腳因長途跋涉而疲痛不已。戰士們都跑得好快，根本沒顧慮到她個子還小。她得費力爬過地上好多根樹幹，穿過無數溝渠，而戰士們只要一個箭步就跨過去。

「到底有誰去了？」

「我不知道！」藍掌覺得好煩。「好多貓喔。」她不願承認整場集會下來，她都緊挨在月花身邊，幾乎沒見到別族的貓兒。就連石皮介紹她認識另一隻河族貓時，她都舌頭打結，簡直丟臉到家，現在回想起來仍覺得全身發燙。大集會的規模好大，現場非常吵鬧，到處都是陌生的氣味和吵雜的交談聲，還有很多雙眼睛好奇地打量她。她甚至不記得四喬木長什麼樣子——她只記得有形形色色的貓兒在她四周推擠。還有一座比高聳岩還要高大的巨石，各族族長都站在上面對貓兒們說話，可是她身邊到處都是毛茸茸的貓，根本聽不見族長們說了什麼。

「松星有提到盜獵的事嗎？風族有什麼反應？」雪掌老在她面前晃來晃去。

藍掌瞪著她看，全身筋疲力竭。她只想回臥鋪睡覺。「有啊，他有說，可是我不知道風族的反應是什麼，因為我根本不曉得哪些貓是風族的貓。」她劈里啪啦地回答。「滿意了吧？」

雪掌盯著她看，表情擔憂。「妳不喜歡大集會啊？」

藍掌嘆口氣。「兩天前，我只是隻小貓，要不是松星突然決定將我們升格為見習生，我恐怕到現在都還是隻小貓。」她只覺得心裡好像有針在扎，似乎有個聲音在她耳邊一直叨唸，但又聽不清楚。「這一切發生得太快，就算要我大白天裡循原路回四喬木那裡，我也找不到路。」她知道雪掌正失望地看著她。藍掌覺得有股罪惡感。參加大集會是何等光榮的事，她不應該抱怨的。

「如果妳也能來，一定會比較好玩。」她告訴雪掌。「下次月圓時，妳問雀皮，可不可以也讓妳去。」藍掌只覺得自己的眼睛快閉上了，於是從妹妹身邊走過，鑽進蕨叢隧道，進入窩裡。她蜷在臥鋪裡，疲憊的四肢終於碰到柔軟的青苔，感覺舒服多了。

耳邊傳來蕨葉的磨蹭聲，驚醒了藍掌。雪掌正在臥鋪裡動來動去。

「什麼事啊？」藍掌打個呵欠。

「妳再睡一下好了，」雪掌低聲道。「雀皮等下要帶我狩獵，讓我多練習一下潛行的技巧，石皮說妳要睡多久都行。」

但藍掌覺得不妥，她也很想去狩獵，可是眼皮仍然沉重。結果等雪掌從臥鋪裡爬出來時，她又閉上了眼睛。

當她睜開眼時，窩裡已經明亮許多。陽光透過羊齒植物圍籬，灑進一地綠光。外頭強風不斷刮打蕨葉，藍掌伸個懶腰，從見習生窩鑽出來時，耳朵和鬍鬚立刻被迎面襲來的風一陣猛刮。樹葉在空地上翻飛，飄向金雀花圍籬，天空被厚重烏雲層層籠罩。藍掌渾身發抖地走到獵物堆。她抓來的松鼠已經不見了，這讓她有點得意，覺得自己總算能幫忙餵飽部族貓兒的肚皮。

石皮和羽鬚、鵝羽都躲在蕁麻地旁邊，弓起身子，抵禦強風來襲。

「我要先去狩獵，才能吃東西嗎？」藍掌朝他喊道。

石皮搖搖頭。「昨天一整夜一下來，妳一定累壞了，先吃點東西，等一下再去清理育兒室。」

藍掌點點頭，從獵物堆裡挑出一隻田鼠，帶到長滿青苔的樹墩旁吃。她沒瞧見豹掌和斑掌的蹤影，一定是出去受訓了。她一想到待會兒要去清理小貓的臭臥鋪，便不由得皺起鼻子，不過還是甩開這個念頭，決定好好享用眼前大餐。

等她吞下最後一口鼠肉，羽鬚已經朝她走來。「我有一些新鮮的青苔墊放在巫醫窩的空地前，」他告訴她，同時嗅嗅空氣。「快下雨了，我是趁天氣還乾燥的時候，先採集了一些。如果妳需要更換育兒室裡的臥鋪，儘管去拿。」

「謝謝你。」藍掌先用沾濕的腳掌擦擦口鼻，才站起身。「我先把舊的清掉，再過去拿。」

「別擔心，」羽鬚喵聲道。「我幫妳拿過去。」

藍掌點頭表示感激，然後往育兒室走去。自從她搬到見習生窩之後，就沒再回來過。她鑽進入口，只覺得既熟悉又陌生。

斑尾和小獅、小金蜷坐在臥鋪裡，她正在餵他們吃鼠肉。

「好硬哦。」小金抱怨道。

「我幫妳吃。」小獅提議道。

「你已經吃很多了。」斑尾斥責道。「如果你還想吃，可以自己到獵物堆那裡拿。」

「真的？」小獅豎直耳朵。「我可以挑我想吃的東西嗎？」

「可以，」斑尾答道。「但不能挑太大的。」

「我跟他一起去。」小薊提議道。

「好主意。」罌曙把懷裡的小甜推開，那隻斑色的小虎斑貓懊惱地瞪大眼睛，開口抱怨，但罌曙要她安靜。「妳也一起出去玩好了。」

「走啦！」小薊催促道。「很好玩，小玫瑰，妳也一起來。」

小玫瑰正在一旁玩青苔球，她仰躺在地，將球不斷拋到空中，又接住。「可是外面好冷而且風好大。」她咕噥抱怨。「剛剛羽鬚拿老鼠過來時，就說外面快下雨了。」

「所以才要趁下雨前，趕快出去活動一下啊。」罌曙建議道。

藍掌輕輕發出喵聲，讓他們知道她進來了。

「嗨，藍掌！」罌曙開心地喵嗚一聲。「我沒見到妳進來，我聽說妳昨天抓了一隻很大的獵物回來。草鬚吃得可開心呢。」

「我只是運氣好。」藍掌謙虛回答。

「我相信這不只是靠運氣而已。」罌曙喵聲說。

藍掌聳聳肩，心裡暗自高興他們都聽說了那件事。「我是來清理育兒室的。」

「好啊！」斑尾喵聲道，同時用尾巴將小獅、小金掃出臥鋪。「你們全都出去呼吸點新鮮空氣，藍掌需要空間來工作。」

小玫瑰不再玩那顆青苔球，身子坐了起來。「可是下雨怎麼辦？」

「外面太冷了。」小金抱怨道。

「沒關係，你們留在這裡，我一樣可以工作。」藍掌提議道。

「不行，」罌曙語氣堅定。「真正的戰士不會怕天氣不好。」

「沒錯，」小薊附和道。「妳們兩個快來吧！」他在育兒室裡繞了一圈，把每隻小貓都往入口推。「我保證風不會把你們吹走的。」

小獅已經在外面，其他小貓全被趕了出來，但嘴裡還是嘀嘀咕咕。

罌曙翻身，仰躺在地，伸個懶腰。「從大集會回來之後，妳一定累壞了。」她打個呵欠。

「感覺如何？」斑尾問道。

藍掌不敢告訴她們，她對整件事的記憶很模糊。「很棒！」她先清掉斑尾臥鋪邊緣的舊麥捍和蕨葉。

斑尾爬了出來。「松星有提到風族盜獵的事嗎？」

藍掌神經頓時繃緊。她真的不記得了。真希望羽鬚剛剛向他們預報天氣時，也順道提過大集會的事。

好巧不巧，那隻淡銀色的公貓正好從刺藤叢入口進來，幫她帶來兩綑青苔。羽鬚放下嘴裡青苔。「松星告訴其他部族，有證據顯示曾有他族入侵雷族邊界盜取獵物，他警告他們下次如果再犯，絕不會輕易饒過。」他向貓后們解釋。

感謝星族！藍掌相信一定是戰士祖靈冥冥中在幫她。

「他有提到風族嗎？」瞿曙好奇問道。

「他沒有指名道姓地說，不過在說這些話的時候，他眼睛看著楠星。」羽鬚回答道。

藍掌剎時記起那位風族族長。楠星當時是和其他族長一起坐在巨岩上，縱然沐浴在銀白色的皎潔月光下，她的毛髮仍散發出玫瑰色澤，至於那雙藍色眼睛則是怒目迎視松星射來的目光。

「我敢打賭她一定很不爽。」斑尾評論道。

「她沒吭聲。」羽鬚陰鬱說道。

「希望松星的這番話能嚇阻他們。」瞿曙嘆口氣。「快要禿葉季了，這時候開戰，對大家都沒好處。我們需要保持點體力，來應付寒冷的天候。」

斑尾點點頭。「我們應該把心思放在如何對抗飢餓這件事上，尤其現在育兒室裡又有了這麼多小貓。」

正在工作的藍掌這時抬起頭問：「你們也認為是風族偷了我們的獵物？」

「他們以前也犯過一次。」罌曙喵聲道。

羽鬚正用口鼻把青苔鋪平。「希望他們別再做這種事了。」

「藍掌！藍掌！」雪掌的喵聲從外面空地傳來，聲音很亢奮。

藍掌瞥了羽鬚一眼，不知道他介不介意她溜一下班。

「去吧，」他喵聲道。「這裡我來弄就行。」

藍掌像老鼠一樣迅速轉身，鑽出育兒室。

一身長毛的雪掌正迎著風，洋洋得意地坐在獵物堆旁。一隻田鼠躺在她腳下。「我的第一隻獵物欸！」藍掌朝她跑來時，她這樣大聲說道。

藍掌嗅聞田鼠。聞起來既新鮮又溫熱，害她口水直流。「我最喜歡吃田鼠了！」

蹲在蕁麻地旁邊的鵜羽站起身子，走了過來。「妳們兩個都是很優秀的狩獵者。」他讚許道。可是當他低頭看那隻田鼠時，身子突然一愣，尾巴上的毛根根倒豎，兩眼瞪得像貓頭鷹一樣又圓又大。

「救命啊，星族！」他大喊道。

藍掌看看田鼠。有什麼問題嗎？

鵜羽卻全身發顫。「這是個預兆！」他的聲音在營地裡迴盪。「我們要被毀滅了！」

第七章

「發生什麼事了？」松星立刻趕到巫醫這裡，陽落緊跟在後。

正在高聳岩下方分食歌鶇鳥的蛇牙和暴尾，也轉頭看著鵝羽。斑尾鑽出育兒室，心急地掃視空地，直到看見小貓安然無恙才定下心來。小薊一馬當先地往獵物堆衝來，他的同伴全擠在後面。絨皮和知更翅也從戰士窩鑽出來，急忙尾隨在石皮和花尾的後方。

「你看這隻田鼠的毛。」鵝羽低聲說，眼睛仍緊緊盯那隻獵物。

被一群貓兒擠到外頭來的藍掌，連忙從他們腳底下和肚皮底下鑽進去看。鵝羽正用一隻腳爪劃過獵物的腰腹。

「你們看，」巫醫嘶聲說道。「牠的毛從這裡分開。」他用爪子指著從田鼠肩膀一直延伸到肚皮處的一條明顯分隔線，有一邊的毛髮全都往耳朵那頭豎直，另一邊毛髮則朝尾巴的方向貼平。「你們看這裡的毛都扁塌了！」鵝羽頓了一下，環目四顧他的聽眾。

蛇牙和暴尾走近看。

「我看不到。」小薊在斑尾後面跳上跳下。

「噓！」斑尾要他噤聲，用尾巴將他掃到旁邊去。

「這代表什麼意思？」松星質問道。

「就像森林被風掃平一樣，」鵝羽咆哮道。「我們也會被風族掃平。」

斑尾退了出去，尾巴緊緊圈住小獅和小金，可是小獅卻掙脫開來，大膽走近田鼠。「你怎麼能憑一隻小小的獵物就作出這種預測？」

「是啊，」小耳傾身向前。「你怎麼這麼有把握？」

「他是巫醫！」蛇牙厲聲說。「他可以和星族溝通！」

「盜獵只是開端，」鵝羽繼續說。「這預兆是星族在向我們示警。風族會像暴風雨一樣橫掃這座森林，摧毀我們，拆了我們的營地，讓雷族領地變成荒蕪之地。我們將像地上的草一樣被踏平。」

站在藍掌旁邊的月花探身說：「不可能！」

儘管語帶不屑，但藍掌還是感覺得到她母親正在發抖。她環顧空地，看見貓兒們互換質疑的眼神，也聽見身後的捷風低聲說道：「我們不會相信這種事，對不對？」

為什麼不相信？藍掌很好奇。難道鵝羽曾經預言失準？

鵝羽垂下頭。「星族在警告我們。」

松星瞪著田鼠。「什麼時候會開戰？」他厲聲問。

鵝羽眨眨眼睛。「我看不出來，不過這預兆就是要給我們時間預作準備。」

「那麼我們就必須作好準備。」暴尾用力甩著尾巴吼道。

「沒有時間了！」雀皮莽撞地衝到前面，單爪抓起那隻田鼠，讓全族貓兒都看清楚。「我們一定要先下手為強。」

蛇牙和暴尾出聲附和。

花尾腳爪刮著地面。「風族還不知道我們已經有所警覺，所以我們仍占著上風，既然有這個優勢，就要好好利用！」

松星將田鼠從雀皮手裡搶回來，放回地上。「冰天雪地的日子即將到來，」他慢慢說，「我們需要餵飽小貓。」他環顧貓兒們。「難道我們情願冒險開戰，也不願趁禿葉季來臨之前，先壯大自己的實力嗎？」

「不開戰就沒有風險嗎？」雀皮嘶聲說。「星族已經警告我們，若是不採取行動，恐怕連想壯大自己的機會都沒有了。」

知更翅走上前來，暗棕色的毛髮根根倒豎。「可是光憑一些殘留的氣味和平貼的毛髮，就得開戰嗎？」

有些貓兒嚇得倒抽一口氣。鶇皮低聲道：「妳不能這樣質疑我們的巫醫。」

藍掌瞥了他一眼，她不確定他這句話是不是故意說給別的貓兒聽。

松星看看田鼠，又看看鵝羽。「你確定？」他質問道。

鵝羽直視他的目光。「你在獵物身上曾看過這樣的記號嗎？」

蛇牙的尾巴一陣抖擻。「你是在質疑鵝羽？還是星族？」他大膽探問。

「如果不相信星族，我們會失去方向的。」花尾咕噥道。

藍掌看見松星眼裡的痛苦，她突然能夠明白他眼前的兩難。搶先一步攻擊風族，可能造成雷族死傷。但拖延時間，卻可能慘遭滅族。而這一切都得看如何解讀那隻死田鼠身上的毛髮以及松星對鵝羽的信任度而定。

暴尾開始踱步。「你為什麼猶豫不決？這個決策很簡單！只有生存和滅族兩種選擇讓你選。」

陽落走到族長面前。「但有誰能保證哪一種行動會慘遭滅族，哪一種行動又能保障雷族的生存？」

「星族不是說得很清楚了嗎？」雀皮咆哮道。

藍掌看見松星的目光快速掃過族裡所有貓兒，眼裡有種不安。蛇牙和暴尾一開始就鼓動宣戰，如今更有星族作為後盾。松星要如何否決他們的提議？要是他否決了，會發生什麼事？萬一戰士們都不再信服他，他將來如何領導雷族？

松星垂下頭。「我決定黎明時對風族展開攻擊。」

圍在族長身邊的戰士們全都發出贊同的低語聲，至於站在空地邊緣的老弱婦孺們則是神情黯然，竊竊私語。

斑尾沮喪地瞪看那隻田鼠，身子緊緊挨著小金。「沒事的，」她低語道，鼻頭抵住她女兒柔軟的頭顱。「妳在育兒室裡很安全的。」她抬眼迎視小耳，互換恐懼的目光，藍掌不禁也跟著毛骨悚然起來。

連她身旁的月花也繃緊神經。「見習生也要上戰場嗎？」

藍掌心跳加速。這會是她的第一場戰役嗎？

「在此危急存亡之秋，所有貓兒都得上戰場。」蛇牙喵聲說。

松星轉身對知更翅說：「豹掌可以作戰了嗎？」

知更翅勉強點點頭。

「那麼她就必須上戰場。」松星的目光轉向絨皮。「你和斑掌留在營裡，和風翔、褐斑一起防守營地，免得風族前來偷襲。」

斑掌開口反對。「可是我想……」

「為保護營地，必要時，我們可以犧牲生命。」絨皮打斷他。

「那雪掌和藍掌呢？」月花聲音顫抖地問道。

松星眨眨眼睛。「我不會把沒受過訓練的見習生送上戰場。」他向她保證道。

「我想上戰場！」雪掌從群眾裡擠了出來，耳朵豎得筆直。

「不行，雪掌。」松星搖搖頭。「妳還不可以，以後會有機會的。」

雪掌的眼睛亮了起來。

雷族族長還在繼續說，但藍掌感覺到她母親正繃緊神經。「妳和藍掌可以和我們一起出征，但不能上場作戰。妳們得待在安全的地方等候，隨時幫忙傳遞消息或照顧傷者。」

「只有這樣？」雪掌垂下尾巴。

「已經很夠了！」藍掌用鼻子將妹妹推到一旁。「我們一定全力以赴，」她向松星承諾道。「即便不能上場作戰。」

讚許聲在群眾間響起。

「真不敢相信，一小撮毛竟然暗藏著這麼大的消息。」雪掌搖搖頭。「鵝羽八成很聰明，不然怎麼解讀得出來。」

這時鵝羽已經叼起那隻田鼠走進羊齒植物隧道。藍掌看著他隱沒在黑暗中，風刮吹她的毛髮，她不禁顫抖。**為了部族著想，希望他的預言是對的。**

⚡⚡⚡

夜色降臨，營裡吹起強風。狩獵隊一整個下午來來回回地補充獵物，黃昏巡邏隊也照舊出去執行勤務，彷彿一切如常運作，但其實營地裡正瀰漫著一股肅殺氛圍。

藍掌正在育兒室旁清洗自己的腳掌。她花了一個下午的時間幫知更翅和石皮用刺藤補強營地四周的防禦，四隻腳到現在還痠痛不已。為什麼還不下雨呢？層層疊疊的烏雲厚到猶如松鼠濃密的毛髮，但老天還是捨不得下一滴雨。

可是羽鬚說會下雨啊，藍掌就是很相信這位年輕的巫醫見習生。他也忙了一整個下午，不斷進出營地，搬回一綑又一綑的藥草。此刻的他正穿過空地，銀色毛皮在暮光下閃閃發亮。

她急忙走過去找他，趕在羊齒植物隧道口前攔下他。「怎麼還沒下雨？」

他擱下藥草，淺琥珀色的眼睛轉過來看她。「時候到了，就會下。」他告訴她。

「開戰之前嗎？」

「我不知道。」他彎下身子，打算拾起藥草。

「這些藥草的用途是什麼？」藍掌不想讓他走，他的沉著冷靜總是能安穩她的心緒。

「這是用來增強戰士體力的，」他告訴她。「每隻貓兒出發前都得吃。」

「有沒有什麼藥草可以吃了以後勇氣百倍？」

羽鬚的尾巴輕輕撫過她的背。「勇氣來自於妳的心，」他承諾道。「妳是個天生戰士，星族會與妳同在。」

他說得對！她會勇敢的！

「妳吃過東西了嗎？」羽鬚問道。空地上族貓結伴而坐，都在分享獵物，互舔毛髮。

「我不餓。」藍掌答道。

「不管餓不餓，都要吃。」羽鬚建議道。「妳要有好的體力，才能為部族出一份力。」

「好吧。」藍掌點點頭，轉身走向獵物堆，選了一隻麻雀，帶到樹墩那裡，她的室友們都躺在樹墩旁邊。

豹掌和斑掌正專心進食。雪掌則一臉茫然地看著眼前的老鼠，那是一隻剛抓來的老鼠，還很溫熱鮮嫩，香味撲鼻。

「妳不餓？」藍掌喵聲問道。

「不太餓。」雪掌抬眼看她，試圖表現開心的樣子，但沒什麼效果。

「我也不餓。」藍掌將麻雀丟在地上，坐了下來。「可是羽鬚說我們一定得吃點東西，才有體力。」

她們身後的蕨葉叢在風中窸窣作響。

豹掌抬起頭來，滿嘴食物。「我不懂妳們在擔心什麼，」她咕噥說道。「妳們又不用上戰場。」

藍掌瞪大眼睛看著她。「妳不害怕嗎？」

「我已經學會所有戰鬥技巧，」黑色見習生自吹自擂道。「風族打不贏我的。」

斑掌看起來沒那麼有自信。「我一整天都在練習我的攻擊招數，」他喵聲道。「也希望沒忘了怎麼自我防禦。」

「你不會忘的，」豹掌向他保證道。「再說，我們也不會讓風族攻到營裡來。你頂多只要看著小薊，別讓他太吵就行了。」她打趣說道。「不過，這可能得使出一兩招作戰技巧。」

藍掌突然明白自己一點作戰技巧也沒有。也許她應該學個一兩招，以防萬一。她看見暴尾站在空地盡頭教花尾如何先翻滾，再張開前爪，撲向敵貓，展開攻擊。

「千萬記住，」他正在告訴她。「跳起來的時候，爪子再出鞘。」

花尾又試了一遍，然後從地上坐起，看起來很開心。

「不錯。」暴尾點點頭。「不過妳的速度需要再快一點。我們的個子比風族貓來得高大，不過他們的行動很敏捷，我們的動作若是不夠快，很容易被他們占上風。」

我應該找暴尾教我幾招，以防萬一。可是那位灰色戰士看起來還在忙著教另一個戰士。藍掌嘆口氣，用鼻頭頂頂眼前的麻雀，勉強自己咬了一口，即便不確定吞不吞得下去。

「不餓嗎？」

松星的聲音嚇了她一跳。

他站在樹墩上看著這幾個見習生。「今晚好好吃一頓，明天在戰場上才會有體力。」

藍掌低下頭。她算什麼戰士啊？竟然在開戰前夕害怕到食不下嚥。

松星的眼裡有隱晦的光。「我還記得我第一次上戰場時，」他喵聲說。「甜薔堅持要我吃完一整隻地鼠，不過我等她一轉身，就把地鼠藏起來，然後告訴她，鼠肉很好吃。」

「真的？」藍掌不確定哪件事令她比較吃驚：雷族族長也有害怕的時候？還是他竟然會騙他母親？

「真的，」他喵嗚說。「不過她當然不相信我，因為每隻貓兒第一次上戰場，都會害怕。」

「意思是不是我們可以不吃？」藍掌滿懷希望地問。

「如果不想吃，就不要吃。」松星彈彈尾巴。「緊張是應該的，只有鼠腦袋的貓才會無所畏懼地衝上戰場。」他說這話時，眼睛是不是瞥了蛇牙一眼？「不過要記住，你們是雷族貓，是天生的戰士，所以要相信自己的直覺。我們的對手是部族貓，不是惡棍貓或獨行貓。他們不會脫序地傷害像你們這種年紀還小的貓。」

雪掌站了起來，毛髮豎直。「我們不需要特殊待遇。」

松星的鬍鬚抽了抽。「你們不會有特殊待遇，」他向她保證道。「我需要你們幫忙，你們必須時時保持警戒，確實完成交代的任務，而且聽見命令馬上行動。你們的執行速度將決定許多貓兒的生死。」

藍掌的心又開始狂跳。

「不過，」松星繼續說道。「我相信你們會全力以赴，星族也會助你們一臂之力，」他掃了豹掌和斑掌一眼。「你們每一位都一樣。」

他沒等他們回答就走了，然後在斑尾旁邊停下來。那隻淺色虎斑貓和罌曙正蹲坐在育兒室外面，小貓在她們四周玩耍。部族裡，似乎只有小貓完全不因戰事的逼近而心情大受影響，就算真有影響，也只是比平常更吵鬧而已。

「如果是我明天上戰場，」小薊大聲說道。「我一定會這樣對付風族戰士，」他抓起正在吃的地鼠，「把牠撕爛。」說完便將吃了一半的地鼠甩到地上，猛地撲上去，爪子出鞘。

「不准玩食物，」罌曙斥責道。「這種行為很沒禮貌，我們能活下去，全靠這隻地鼠。」

小薊坐起身子，一臉惱色。「妳只是不希望我當上戰士！妳希望我一輩子都當小貓！」

松星玩笑地摑他耳朵。「我懷疑她有這麼大能耐嗎？」他語帶輕鬆地說道。

小薊抬頭看著雷族族長。「我可以上戰場嗎？」

松星搖搖頭。「我要你待在營裡幫忙保衛育兒室。」

小薊立即挺起胸膛。「風族休想過我這一關。」

「我相信你！」松星語氣冷靜。

藍掌看著族長向他族裡的貓兒這樣再三信心喊話，先前對他的疑慮全都消失了。他氣宇軒昂地揚起頭顱，挺直厚實的肩膀，彷彿對這場戰事胸有成竹。

她好奇他究竟還剩幾條命。也許這正是他自信的來源。為什麼只有族長能有九條命？為什麼星族不讓所有貓兒都有九條命？

月花從蕨叢隧道出來，黃色眼睛帶著隱晦的光。「妳們兩個今晚應該早點睡。」她走到藍掌和雪掌那兒，用鼻頭輕推她們。藍掌聞得到她身上散發出來的恐懼氣味，但聲音如常。「我還沒看過妳們的臥鋪，睡得舒服嗎？」

「我想再多鋪點青苔。」雪掌喵聲說。「蕨葉老是戳出來。」

「我把我的青苔分一點給妳。」月花快步走回戰士窩。

「妳要把那個吃掉嗎？」豹掌正在打量藍掌的麻雀。

藍掌搖搖頭，把牠丟給黑色見習生。

「要不要連我的份一起吃？」雪掌追問道，也把她的地鼠扔給她。

豹掌舔舔嘴巴。「如果妳堅持的話，」她喵聲道。「我只希望夜裡別被妳肚子的叫聲給吵醒。」

藍掌站起來，伸長身子，直到四條腿撐不住地開始顫抖才作罷。風愈來愈冷，她的毛髮在風中如波浪起伏。她低頭嗅聞，穿過蕨叢，進入窩裡整理自己的臥鋪，想把蕨葉弄鬆一點，擋掉一點寒氣。

雪掌跟在她後面進來。「妳累嗎？」

藍掌搖搖頭。「我只是不喜歡乾等明天的到來。我真希望現在就是早上。」她舔舔腳掌，上頭仍有育兒室的味道。有那麼一會兒功夫，她好希望能回到以前的育兒室，與月花、罌曙及小貓們住在一起。她覺得自己還沒準備好要上戰場，這是從來沒有過的感覺與經驗。她刻意揮開這念頭，挺起胸膛，這時蕨叢一陣窸窣，月花鑽了進來，下巴夾著青苔，嘴裡也叼著一些。

她把一半的青苔放在雪掌臥鋪，另一半給藍掌，然後默默地幫她們鋪平，直到臥鋪變得柔軟為止。

藍掌看著她忙碌的身影，感覺心好虛。「月花？」

「什麼事？親愛的？」

「妳上過幾次戰場？」

月花想了一下。「多到數不清了，只不過都是一些邊界上的戰事——趕走入侵者。這次應該算是我第一次的偷襲行動。」

「妳會緊張嗎？」

雪掌嗤之以鼻。「她當然不會，她是雷族的戰士欸。」

月花溫柔地舔舔雪掌的額頭。「每個戰士出征前都會緊張，就算不是為自己，也會為他們的戰友、部族感到緊張。不過這會讓他們的感官變得更敏銳，爪子變得更鋒利，而且更渴望勝仗的到來。」

藍掌嘆了口氣，覺得心中的結多少打開了一點。原來她不是膽小鬼。她突然覺得好累，在臥鋪裡躺下，打聲呵欠。「月花，謝謝妳的青苔。」

雪掌也在臥鋪上繞了幾圈。「好軟哦。」

「應該可以讓妳們睡得暖和點，」月花喵聲道。「等我們打完這場仗之後，再一起出去採集青苔，這樣妳們的臥鋪就會像羽毛一樣柔軟了。」

藍掌閉上眼睛，想像自己正和雪掌、月花走進林子裡，拋開戰事，什麼也不想，只要找到柔軟的青苔就行了。這念頭多少令她感到寬慰。

「我在妳們這裡躺一下，等妳們睡著了，我再走。」月花直接躺在兩個臥鋪中間，發出輕柔的喵嗚聲，藍掌聽見雪掌的呼吸聲漸趨平緩，她翻過身，往她母親溫暖的身子挨近，感覺月花腹部的軟毛輕輕拂在她身上，熟悉的味道令她不禁想起好幾個月圓前的育兒室時光。

她心滿意足，沉入夢鄉。

半睡半醒間，她感覺到月花動了一下。她在月光下瞇起眼睛，看見豹掌和斑掌已經躺在臥鋪裡睡著，想必時間應該很晚了。

月花站起來。「快睡吧，小東西。」貓后的鼻息徐徐吐在藍掌耳畔。「我會永遠陪著妳。」

蕨葉一陣窸窣，月花走了。

第八章

藍掌猛然驚醒。要作戰了！她趕緊跳起來，環顧窩內。四周羊齒植物形成的圍籬正隨風起伏擺動，彷彿有雙隱形的爪子在拉扯著。黎明還沒降臨，但豹掌和斑掌已經起床梳洗。

雪掌在臥鋪裡伸個懶腰，陰暗處裡的眼睛尤其顯得明亮。「什麼事啊？」

「雀皮要我們都到空地。」豹掌喵聲道。

營地上空的風勢正強，當藍掌從窩裡出來時，突然一陣風吹沙，害她趕緊瞇起眼睛。狂風大作，營地四周的樹木紛紛彎下身子，烏雲像黑色的烏鴉從頭頂飛掠而過。

石皮正在窩外等候，他的毛髮迎風平貼身上，眼睛半瞇，深怕風中翻飛的樹葉和沙石吹進眼睛裡。「這種天氣不適合出征。」

「夥伴們！」松星呼聲尖銳。他站在空地中央，旁邊站著鵝羽，戰士圍繞四周，不停甩打尾巴。蛇牙背上的毛如刺賁張，花尾用腳爪耙著地上的土，雀皮和暴尾則在空地邊緣來回踱步，雙肩肌肉如波浪起伏。

羽鬚穿梭貓兒之間，在每隻貓兒的腳下放一小坨藥草。

一定是那種可以增強體力的藥草，藍掌揣測道。

育兒室外面，月花正和罌曙互舔毛髮，卻被刺藤叢下爬出來的小薊和小獅打斷，兩隻小貓抖抖身上的毛，試圖讓自己看起來高大一點。罌曙用舌頭為月花額前的毛做最後一次的梳理，然後將小貓們全攬過來，趕回育兒室，小貓嘴裡自然是咕噥抱怨個沒完。

月花的目光掃視空地，眼裡閃著琥珀般的冷光。她平貼雙耳，迎風吹拂下的毛髮服貼光滑。藍掌差點認不出來那是她母親，於是也挺直背脊，抬高下巴，誓言要以月花為師。

羽鬚在她腳下也放了一坨藥草。「妳看起來很像戰士。」

藍掌驚訝地看著他。「真的嗎？」

石皮瞇起眼睛。「千萬記住，別加入戰局。」

雪掌從見習生窩那裡快跑過來。「你可不可以教我們一兩招格鬥技巧，以防萬一？」

月花走了過來。「用不上的，妳們不需要加入戰局。」她語氣堅定地說道。

雪掌有點惱怒，但還來不及回答，羽鬚已經抓了把藥草給她。「把這吃掉，」他命令道。「可以增強妳的體力。」

藍掌聞聞眼前的藥草，皺起鼻頭。

「味道有點苦，」他警告道。「但一下就過去了。」

藍掌伸出舌頭，將葉子舔進嘴裡，雪掌也吃掉它。這時喉嚨深處突然一陣酸苦，令她作嘔，她趕緊閉上眼睛，強迫自己吞下去。

「好噁，好噁喔！」雪掌發瘋似地轉著圈圈，藍掌這時睜開眼睛，看見雪掌像蛇吐信一樣直伸舌頭。

松星的吼聲令雪掌馬上停下動作。「鵝羽有新的消息要宣布。」

月花瞪大眼睛。「又有另一個預兆？」

鵝羽點點頭。「我在巫醫窩的空地裡仔細檢查了那隻田鼠，結果發現牠肚皮的另一邊沾到一些貓薄荷。」

「他敢保證那不是在他巫醫窩的地上沾到的？」石皮低聲咕噥。「他地上又不是很乾淨。」

藍掌好奇地看著他，她的導師不會也質疑族裡的巫醫吧？

鵝羽繼續說道。「昨天你們希望星族下達更多指示，如今有了。我們的戰士祖靈告訴了我們反擊的方法。」

「就憑一點貓薄荷？」月花瞪大眼睛。

「我們必須直搗黃龍，進攻他們的營地。」鵝羽大聲宣布。

「他們的營地？」石皮平貼耳朵。「你知道那有多危險嗎？」

「這是星族的指示，不是我的。」鵝羽反駁。「貓薄荷告訴我，要想打敗風族，唯一的方法，就是毀了他們的藥草庫。」

毛髮豎得筆直的陽落上前一步。「但這會危及小貓和長老。貓族必須有藥草才能生存，尤其禿葉季即將來臨。如果毀了他們的藥草庫，等於連累無辜的貓兒。」他聲音憤慨。

褐斑點點頭。「玩這種下流把戲，我們還算是戰士嗎？」

鶉羽抬高下巴。「可是唯有這樣，我們才能活下去。」

松星上前一步。「我知道這一招很惡劣，但星族警告我們，除非搶先反擊，否則將遭遇滅族的命運。要是我們直接攻擊他們的藥草庫，他們就會積弱不振好幾個月，雷族也才能平安無恙。」

「但萬一風族爆發白咳症怎麼辦？」羽鬚大膽探問。「鷹心要怎麼治療病患？小貓和長老們根本沒有抵抗力。」

蛇牙甩著尾巴。「難道為了救他們一命，就得犧牲我們的小貓和長老嗎？」他質問道。「要是我們現在不反擊，雷族會慘遭滅族。犧牲幾條風族貓兒的性命來拯救雷族，難道不值得嗎？」

松星嘆口氣。「蛇牙說得對，」他喵聲道。「如果我們想自我保命，就得聽從星族指示。」

「所以我們要攻擊他們的營地？」石皮咆哮道。

「我們的目標是巫醫窩，不會傷到小貓和長老。」松星瞇起眼睛。「但他們的藥草得全數被摧毀。」

一陣強風從溝谷呼嘯而下，橫掃營地，藍掌全身發抖。「這種天氣也算是預兆嗎？」她好奇地問。

「這一天下來的預兆已經夠多了，」月花咕噥道，琥珀色的眼睛快速掃了她的孩子一眼。「答應我，別加入戰局，等妳們以後長大，受過完整訓練後，自然有機會當英雄。」她的眼神懾人，藍掌發現自己不自覺地聽話點頭。

「雪掌？」

雪掌卻懊惱地垂著頭。「好吧。」

藍掌這才看見她母親原本繃緊的雙肩鬆懈了下來。

「不准戰鬥，對不對？」暴尾走了過來，尾尖彈彈藍掌的耳朵。「下次或許會有機會。」

月花狠瞪他一眼。「這是一場危險的戰爭。」她提醒他。

藍掌心上一凜。

「我們從沒攻擊過別族的營地，」月花繼續說。「我們是在對方地盤與他們開戰，那裡的地形我們根本不熟。」

暴尾頂頂她的肩膀。「可是我們是出其不意地偷襲對方，」他喵聲道。「而且我們鎖定的是小塊區域。」

「這也是我擔心的。」

「我們是近距離攻擊，就算風族行動夠敏捷，也發揮不了作用。雷族個頭兒高大，肯定可以占上風。」

藍掌眯起眼睛。**你上次不是這樣對花尾說的。**

月花垂下目光。「或許吧。」

「別擔心，」暴尾喵聲道。「我們會打贏這一仗的。」

「雷族戰士聽命！」

松星大吼一聲，林間迴盪，藍掌心上一驚。雷族族長尾巴一彈，發出信號，「我們出發！」

出征隊伍頓時歡聲雷動，金雀花在風中搖擺，戰士們爭先恐後地進入隧道，站在一旁的藍掌感受到貓兒們紛沓而過所捲起的旋風，她吞吞口水，卻發現口乾舌燥。

雪掌和月花也跟了上去。

「來吧。」石皮推推藍掌。

藍掌想再看營地最後一眼，於是趁追上去時，回頭掃了一眼，光影晦暗，她看見小薊正從育兒室裡往外窺探，但又被拉回刺藤窩，眼裡怒火一閃而逝。

草鬚、糊足和雀歌像貓頭鷹一樣坐在斷樹殘枝間，斑掌和絨皮則在幽暗的空地上來回踱步。褐斑和風捷正爬上高聳岩，他們豎直雙耳，毛髮蓬亂。鵝羽則消失在黑暗的羊齒植物隧道彼端。

「鵝羽不來嗎？」藍掌氣喘吁吁地追上雪掌。

「我猜他是要留在營裡，準備醫治傷患吧。」雪掌猜測道。

這句話令藍掌不寒而慄。**傷患！**「可是是他要我們去偷襲的啊！」她堅稱道，他不是應該跟他們一起去嗎？

石皮在她身後咆哮：「也許他又從星族那兒得到指示，要他遠離危險地帶。」

「至少我們還有羽鬚。」他們從隧道裡衝出來時，月花這樣喊道。

巫醫見習生嘴裡叼著一綑用葉子包起來的藥草，跟在後面。藍掌好奇那裡頭是什麼，不過肯定味道很濃，因為她現在就能隱約聞到刺鼻的藥草味。

「快點！」石皮緊跟在藍掌後面，催她走快點。

隊伍裡的其他貓兒已經抵達溝谷底。藍掌不免擔心岩間的風勢這麼強，她能摸黑爬上陡坡嗎？她跟著雪掌爬上第一塊岩石，感覺石皮正從後面推她，怕她滑下來。她伸出爪子，死命攀上去，跟著黑影幢幢的隊伍穿梭在岩石之間。

羽鬚的藥草發揮作用了。她的肌肉變得強壯，每一次跳躍都比她預期中跳得遠。她心跳加速，亢奮卻不恐懼，甚至可以感覺到戰友們對這次行動的滿腔期待。她不斷往上爬，終於最後一躍，跳上溝谷頂端。她沒有停下來歇口氣，直接衝進林子裡。

藍掌跟著隊伍往前飛奔，他們在黎明拂曉前的曙光下，沿灌木叢飛梭前進，視線裡的兩邊林木變得模糊，風在林間呼嘯，不堪強風吹襲的樹木彎腰折枝，落葉漫天飛舞。藍掌隱約看見花尾的白色斑點身影在前面林子時隱時現。晦光中，陽落的毛色顯得灰白朦朧。蛇牙、松星和暴尾的身影沒於幽暗陰影中，只能隱約看出他們正敏捷移動，有如蘆葦間竄流的水影。

「前面有河！」月花出聲警告。

隊伍慢了下來，等在河邊，一個接一個地跳過波光粼粼的河面，繼續往林子裡衝。藍掌開始緊張，快輪到她了。我的腿不夠長。她不安地站在岸邊，看月花一躍而過。銀灰色母貓俐落跳到彼岸，回頭張望。

「不會很深。」她鼓勵道，只是聲音幾乎被怒吼的強風吞沒。

「可是身上會濕掉。」藍掌哀聲道。

一旁的雪掌緊張到不小心在泥濘的岸邊滑了一跤。

石皮從後面推一推藍掌。「跳啊，」他催促道。「妳辦得到的。」

藍掌專注看著對岸，深吸口氣，繃緊肌肉，縱身一躍。石皮也順道用鼻子從後面推了一把，藍掌伸直前腳，猛地攀住對岸，爬了上去，來到月花身旁。

雪掌在對岸弓起身子，瞪大眼睛，準備要跳。

「妳辦得到的！」藍掌喊道。

「我來了！」雪掌縱身一躍，但那優雅的跳姿卻因後腳在鬆軟的落葉堆上打滑而大打折扣，最後肚子朝下，噗通掉進水裡。

「去他的鼠大便！」雪掌手忙腳亂地踢著水，好不容易從水裡爬出來。

藍掌身子一閃，躲開雪掌抖掉的水珠。

「運氣真背！」石皮隨後輕鬆躍了過來。

「快點！」月花命令道。她們的隊友已經消失在林子裡。

只有雀皮還在等他們。他正站在前面矮木叢裡朝他們這兒張望。「我還在想你們到哪兒去了，」他們趕上來時，他這樣喵聲說。他看見雪掌全身濕透，不禁搖頭。「等一下跑一跑，身上就會暖和。」再度上路前，他對雪掌這樣說道。

他們繼續趕路，藍掌跑得上氣不接下氣，不過至少身上沒濕。而可憐的雪掌則像隻淹死的老鼠一樣跟在她後面跑。冷風吹亂了她的毛髮，即便不停跑，一身雪白的見習生還是牙齒止不住地打顫。

他們終於看見前方的隊友，於是慢下腳步，排成縱隊前進。這裡的樹木比較稀疏，藍掌看見遠方有條寬闊平坦的大路在林間迂迴蜿蜒，光影明滅不定。

原來是條河！

他們趕上隊伍，跟在後面。那條河的面積很大，寬如雷族營地，往兩端無限延展。水浪翻騰，在岸間捲起墨色漩渦。

月花和雪掌繼續往前走，藍掌仍走在她導師旁邊。

「這裡是河族領地。」石皮朝河對岸示意。

藍掌嗅一嗅，聞到一股魚腥味，和大集會上聞到的味道很像，這味道像霧一樣盤桓於矮木叢間。

「這味道是他們的記號，」石皮低聲道。「這一頭也是河族的領地，只不過河水這麼冰冷時，他們很少過來。」

過來？「他們會在河裡游泳？」藍掌曾聽聞河族貓兒擅泳，但從沒想過他們會笨到去嘗試渡這麼險惡的河。

石皮點點頭。「他們像魚一樣。」

藍掌打了個寒顫，遠眺彼端林子。「這是通往風族唯一的路嗎？」她低聲問道。

「如果不想被發現，就得走這條，」石皮解釋道。「如果穿過四喬木，很容易被發現。」

藍掌的心跳加速。「要是遇到河族巡邏隊怎麼辦？」她掃視那條河，總覺得隨時會有貓兒從陰暗的水裡爬出來。

「現在還很早。」石皮聽起來很有自信，只是眼睛沒看她，所以她懷疑他只是安慰她。

小路這時轉了彎，深入林間，遠離河岸，她鬆了口氣。但輕鬆的心情並沒有持續多久，因為小路愈來愈陡，矮樹叢間出現許多突起的石塊，樹木盤根錯結於斜坡礫石間。過沒多久，藍掌聽見比風聲還大的隆隆聲響。她頓時緊張起來。「那是什麼？」

「峽谷。」石皮告訴她。

他們走的這條路似乎正朝那個隆隆聲響接近。

「什麼是峽谷？」藍掌低聲問道，但又怕知道。

「峽谷裡的河水會從高地和懸崖缺口往下墜。那附近有一條通往風族的小路。」

我的天啊！

她看見正前方的林子出現一個缺口，林地像被劈成兩半，彷彿被一隻巨爪硬生生地刮出一條溝。松星帶著隊伍沿著峽谷邊緣一條險徑前進，藍掌伸出爪子，抓牢腳下的泥土，步步為營。她俯看懸崖，只見下方白浪翻滾，洪流奔騰，她嚇得大氣不敢喘，趕緊移開目光，專注盯看月花的背影，跟著她一步一步前進，盡量不去想下方的惡水。

峭壁坡度漸漸和緩，最後變成泥岸，河流流速也平緩下來，在稀疏的林間與釘狀的矮樹叢間蜿蜒。雷族貓兒不再排成縱隊，他們集結成群，合而為一，猶如烏雲的陰影拂過地面。四周高地沐浴在黎明的鵝黃曙光下，遠方是貧瘠荒蕪的山丘，間或有金雀花點綴其中。

藍掌嗅聞空氣。某種大地的氣味正逐漸取代濃烈的河族氣味。「那就是我們要去的地方？」

石皮點點頭。「我們正要越過邊界，進入風族領地。」他用尾巴指著一處低窪地，那裡的矮樹叢如浪起伏，但隨著地勢升高，漸被石楠叢寡占。

腳下柔軟的草地已經變成粗糙的泥煤地，松星轉過身來，拿尾巴封住自己的口鼻，要他們別出聲。於是藍掌知道從現在起必須噤聲不語。這裡的氣味記號已經強烈到彷彿張口便能嚐到那帶著麝香的泥煤臭味。

風族！

他們爬上山丘，看見草浪在風中翻騰，藍掌立時想起田鼠身上那一大片扁塌的毛髮。她屏息以待，強風四處呼嘯。身處荒漠高地的他們，益發顯得渺小。他們貼平耳朵，緩步前進，在窸窣抖動的石楠叢間忽隱忽現地穿梭。

「我像泥塘裡的花一樣目標明顯。」雪掌低聲道。她說得沒錯。她那一身雪白毛髮在土色高地裡尤其顯得突兀。

山腰零星出現大塊圓石，如爛牙一樣突起於地表。山頂朔風野大，吹亂藍掌身上的毛髮。她感覺到一顆碩大的雨滴滴在身上。松星停下腳步，凝神遠望前方低窪處。藍掌順著他的目光，看見前方的大圓石、石楠叢和金雀花叢。

「風族營地。」石皮在她耳邊低語。

藍掌眨眨眼睛。在哪裡？

松星朝他們走來，羽鬚也跟了上來，並示意捷風一起過來。「你們看到那邊的大岩石嗎？」雷族族長指著一塊體積幾乎等同於高聳岩的岩石這樣說道。「妳們到那邊等我們，」他的目光來回看著藍掌和雪掌。「懂嗎？」

她們點點頭。

「羽鬚和捷風會陪著妳們。」松星回頭看了一眼。「如果有麻煩，我會派信差通知，到時妳們就遵照他的指示行事，不得有誤。」

藍掌雙耳充血，完全聽不見風聲。

時候終於到了。

戰爭就要開始。

她腳步沉重地跟著捷風走向松星交代的那座大圓石，它的單側很光滑，像長年被野風磨平了稜角，另一側則銳如狐狸的尖牙。

雪掌走在她旁邊。「妳覺得他會派信差來嗎？」

藍掌聳聳肩。她很想幫忙，但又希望他們不需要她幫忙。或許星族會賜給他們一個不用流血的戰爭。

羽鬚走在她們後面，嘴裡仍叼著那綑藥草。他走到那座岩石的背風處，放下藥草。藍掌蹲下來，鬆了口氣，這裡總算可以暫時躲開強風肆虐。這時她突然想起一件事……**我們忘了祝月花好運，**甚至沒好好看她一眼！於是趕緊從岩石後方衝出來，渴望再次看見母親那雙琥珀色的眼睛，但他們已經消失在山丘那頭。

「快回來！」捷風厲聲喊道。藍掌感覺到尾巴被她拖住。

「我只是想說……」藍掌試圖辯解。

「這是作戰，」捷風吼道。「妳要服從命令。」

藍掌看著自己的腳。

捷風先是嘆了口氣，等到她再度開口時，語氣明顯柔和許多。「這是為了妳的安全著想，也為了部族的安全著想。」

他們默默地等候，天色漸亮，一隻小鳥從石楠叢裡竄出，頂著風奮力往前飛。藍掌瞥了雪掌一眼，看見妹妹眼裡的鬱色，也跟著擔心起來。風族貓兒應該醒了，正要起床，絲毫不察大禍臨頭。她不免為他們感到難過，但又隨即想起鵝羽的預言。雷族若想活下去，就得打敗風族。這場戰爭勢在必行。

這念頭令她精神一振。她抬高下巴，回想以前採集青苔時所學到的那些技巧，於是朝空中猛揮幾掌，假裝自己正和風族戰士格鬥。

雪掌笑了出來。「妳看起來好像在摘蜘蛛網。」

「我就不相信妳能揮得比我好。」藍掌挑戰道。

「噓！」捷風喝令道。藍掌不好意思地坐下來。白色虎斑戰士專注聆聽風聲以外的其他聲響。雨下得很大，像冰雪一樣寒冽，無情打在藍掌柔軟的毛皮上。少了森林保護的風族，是如何在這種嚴苛環境下生存？她真希望自己現在就能回林子裡，躲在天篷一樣的樹蔭底下，管他天外的狂風暴雨。

突然間，尖銳的信號聲劃破空氣，高地上立時哮聲四起，嚮徹天際。藍掌瞪大眼睛，驚駭不已。她聽到蛇牙進攻的哮吼聲和花尾的怒嚎聲。藍掌看看羽鬚，發現巫醫見習生閉上眼睛，嘴裡喃喃有詞，又快又急，音量很低，根本聽不出來在說什麼。

他在向星族祈禱嗎？藍掌靠上前去，想聽清楚他說什麼。

「紫草療骨，蜘蛛網止血，蕁麻消腫，百里香安神……」

原來他在覆誦各種藥方的用途。

殘酷的現實如野風襲來，瞬間將她吹醒。下方營地正在血流成河，戰士們肉搏格鬥、利爪出鞘、尖牙森森，藍掌瞪著雪掌看。

她的妹妹毛髮倒豎，伸直耳朵，想聽清楚每一絲聲音。「那是雀皮的聲音嗎？」風中傳來一聲怒吼，她立刻低聲問道。

回答她的卻是可怕的尖叫。

藍掌開始發抖。那聲音聽起來像石皮。他被攻擊了嗎？還是試圖反擊？

狂風怒吼，尖銳的叫聲不斷傳來，藍掌簡直快要抓狂。

「我們可以幫點什麼忙嗎？」她懇求捷風。

「我們必須耐心等候。」捷風臉色陰鬱地回答。這時有腳步聲朝他們這兒而來，戰士立刻轉頭。藍掌以為會看見風族巡邏隊繞過來攻擊他們，趕緊作好迎戰的準備，頸毛豎得筆直。

但來者竟是知更翅。

「快點來！」她嘶聲喊道。「豹掌受傷了！」

第九章

捷風當場愣住，平貼耳朵。「豹掌？」

「她腳受傷了，」知更翅告訴她。「血流很多，需要趕快撤出來，可是我們沒有多餘戰士可以幫忙。」

捷風點點頭，瞪大雙眼，目光堅定。「跟我們一起去。」她命令藍掌。

「我也應該去。」羽鬚拾起藥草。

「不，」捷風搖搖頭。「我們不能讓你受傷。」

「那我呢？」雪掌問道，兩眼發亮。

「一個見習生就夠了。」捷風凌厲掃了雪掌一眼。雪掌沒敢爭辯，垂下頭，退了回去。

「我和羽鬚在這裡等。」

「不要走散。」捷風告訴藍掌，然後就跟著知更翅從岩石後方衝進雨中。藍掌瞇起眼睛，盡量跟緊捷風，但雨勢太大，視線不良，她只能靠鬍鬚和毛髮來感覺捷風的位置。腳下草地又濕又滑，強風不斷拍打她背上的尾巴。

捷風突然停下腳步。藍掌也趕緊煞住。她眨眨眼，只見眼前地面陡降，斜坡下方有刺藤形成的天然圍籬，看上去比通往雷族營地的金雀花屏障還要厚實。刺藤的另一頭是平坦的地面。如今風族的味道更強烈了，藍掌知道這裡應該就是他們的營地，包括那座露天的中央空地。

藍掌瞪大驚恐的雙眼，發現戰事還在激烈進行。貓兒的嘶吼咆哮劃破嗥嗥風聲，鮮血四濺，染紅雨中水塘。沾血帶皮的毛髮飛過眼前，卡在刺藤叢上。藍掌瞇起眼睛，想分辨眾多貓兒之間，究竟誰是誰。

就在那邊，蛇牙正抬起後腿猛踢，想擺脫一隻風族貓兒，卻反被另外兩名戰士箝制住。他伸出利爪、露出尖牙，扭身試圖護住腹部，甩肩推開一名戰士，但另一個仍緊抓不放。那名戰士伸爪從他身上扯下一大塊毛，蛇牙痛得放聲大喊。空地另一邊，陽落和雀皮背對刺藤叢，並肩作戰，伸爪揮砍正朝他們猛攻的四名風族戰士。風族貓兒狠耙雷族戰士的口鼻，還猛咬他們的腿，地上滿是鮮血。

兩名風族戰士發狂似地撲上花尾，後者放聲大喊，暴尾聞聲轉頭，本來正和一名風族戰士一對一格鬥的他，立即猛力揮拳，甩開對手，衝去幫忙花尾。他用肩膀撞開其中一名風族戰士，再用牙齒咬住另一名虎斑戰士的毛皮，後者立時發出幾乎刺破耳膜的尖嚎聲。暴尾眼裡凶光一現，風族戰士的鮮血瞬間從他嘴裡噴出，在那當下，她告訴自己，她父親是名英勇的戰士，他只是為了保護戰友才這麼做。

「來吧！」捷風一聲令下，喚醒目瞪口呆的藍掌，她跟著捷風滑下斜坡，從刺藤圍籬處鑽了進去。

她隨著捷風衝進空地，跑到豹掌躺臥的地方，她感覺得到自己的口鼻被圍籬的刺刮破，正在淌血。躺在地上的見習生，腹側有一道很長的傷口，歷歷可見黑色毛髮下的粉色血肉。捷風抓住豹掌的頸背，將她拖出空地，朝刺藤叢的一處缺口費力走去。藍掌試著幫忙，用鼻子頂著豹掌。但豹掌隨即踢開。

「我自己可以走！」她喘息道，扭動身子，想站起來。捷風放手，但才鬆開頸背，豹掌又立刻跌倒在地。她的腿根本沒有力氣。捷風只好再次一把抓起她，豹掌才一路蹣跚地走到空地邊緣。藍掌跟在後面，鼻腔裡盡是血腥味，還有恐懼和毛髮的氣味。

「雷族竟然帶小貓來！」風族裡一名灰斑戰士瞪著藍掌看。

藍掌停下腳步，朝戰士怒吼。「我不是小貓。」

風族戰士步步進逼，目光炯炯。「那就使幾招出來看看啊，小戰士。」

恐懼襲來，她什麼招數都不懂，才當了兩天的見習生而已！她強忍住想逃走的衝動。**我是天生的戰士！**她告訴自己，但是四條腿還是不停顫抖，風族戰士繼續逼進，爪子出鞘，鬍鬚抽動。

「鷹心！」一個聲音從空地上傳來。

藍掌聽出那是風族族長楠星的聲音。站在戰場中央的她，毛髮豎得筆直，藍色眼睛凌厲掃向那名灰斑戰士。「快回去照料你的傷者！」她命令道。

鷹心朝著藍掌咆哮。「看來妳得再等一陣子才能有第一道傷疤作紀念了。」他嘲笑道，然後轉身離開。

「藍掌！」捷風正使盡力氣地想讓豹掌穿過刺藤叢的小洞。藍掌趕緊上前幫忙，她從後面推，捷風則在前面將她拉上斜坡，帶離營地。

「鷹心是巫醫還是戰士？」豹掌一拐一拐地爬上斜坡頂，這時藍掌上氣不接下氣地問。

「在星族召喚他擔任巫醫之前，他曾是最好鬥的風族戰士。」捷風停下來喘口氣，也順道讓豹掌歇一會兒。她聞聞傷口。「這傷口不深，只是扯掉了一些毛皮。」捷風說道，語調裡有鬆了口氣的感覺。

羽鬚穿過草地，朝她們跑來，他身上的毛髮被雨水淋得又滑又亮，雪掌緊跟在後。他放下那綑草藥，打開葉子，用牙齒挑出一團蜘蛛絲，小心敷在豹掌的傷口上。

藍掌回頭掃了一眼下方仍如火如荼的戰場。坡頂上的她清楚可見整個空地的戰況。暴尾和花尾正並肩作戰，小耳和知更翅也加入其中，聯手揮爪猛擊。莫非是風族貓兒太過凶猛，以致於雷族戰士無法獨力對抗？

月花呢？

藍掌心上一驚。她一直沒瞧見她母親——一次也沒有。

「鷹心！」空地邊緣響起風族貓兒的聲音。「雷族戰士跑進你窩裡了！」

雪掌伸長脖子，想看清楚刺藤圍籬裡的戰況。「他們攻進巫醫的藥草庫了！」她得意洋洋地喊道。

「小聲點，壓住這個！」羽鬚命令道，同時將見習生的白色前掌壓在蜘蛛絲的另一端。

藍掌趁妹妹幫忙按住豹掌傷口的同時，再探身往下察看空地戰況，心不由得涼了一截：

事情不太對勁。鷹心離開了他原本正在照顧的風族虎斑貓，往刺藤叢中間一條下斜的隧道衝過去。**那裡應該是巫醫窩**。兩名風族戰士也跑進那裡，尾巴一彈，瞬間消失於隧道口，鷹心卻在入口緊急煞住腳步，蹲伏下來，瞇起眼睛，尾巴來回拍打。

羽鬚終於用蜘蛛絲敷好豹掌的傷口。「幫我把她帶回岩石那裡。」他告訴雪掌。「那地方比較能遮風擋雨，我們得找幫手把她帶回營地。」

於是雪掌幫忙豹掌站起來，扶她離開山凹邊緣，但藍掌卻定在原地，無法動彈，她兩眼緊盯鷹心，緊張到連大氣都不敢喘。

一聲尖叫傳自巫醫窩裡，石皮第一個從窩裡衝出來，肩上血流如注，一名風族戰士跟在後面猛砍他的尾巴。接著月花也衝了出來，後面追著另一個戰士，月花的灰色毛髮還沾了些藥草碎屑。

藍掌當場呆住。

月花才衝出巫醫窩，鷹心就撲了上去，用他孔武有力的前爪緊抓住她，像獵物一樣把她往空地一甩。藍掌看見她母親被摔在地上時的痛苦表情，她掙扎地想爬起來，但動作不夠快，又被鷹心跳到身上，以尖牙利齒撕扯。

不！不要！

暴尾呢？藍掌慌亂地轉頭尋找，他一定會來救月花，就像他會救花尾一樣。但那名灰色戰士仍在和年輕的母貓並肩作戰，聯手擊退一個又一個風族戰士。

月花只能靠自己。

藍掌瞠目看著她的母親扭過身子，伸掌往鷹心口鼻重重一擊，但那個巫醫竟然不動如山，再次撲上去掐住月花的咽喉，把她摔到血跡斑斑的空地上。

「不！」藍掌哭號，往前一躍，打算衝下斜坡，卻被捷風咬住尾巴，拖了回來。

「不能下去！」捷風的警告聲從從齒縫間傳出。

「可是月花受傷了！」藍掌看見她母親躺在濕冷的地上動也不動，大雨滂沱打在她身上。

「她只是昏過去而已，」捷風喵聲道。「等一下就醒來了。」

「沒時間等她醒來。」

下方的鷹心正往月花步步進逼，齜牙低吼。

「我們必須幫她忙！」藍掌驚惶不已，試圖掙脫捷風的箝制。

突然間，松星的吼聲出現在戰場的嘶殺聲中。

「雷族撤退！」

感謝星族！

藍掌看見鷹心止住腳步，其他戰士也都停止打鬥，坐了下來，瞪著雷族族長。沉默像夜色一樣籠罩營地，只除了滂沱雨聲和高地上的呼嘯風聲。

楠星甩甩鬍鬚上的雨水，緩步走到松星面前。雷族族長的耳朵被撕裂，鮮血在狐狸色的毛皮上流淌。他木然地迎視楠星的那雙藍色眼睛。當楠星開口時，他的身子好像瑟縮了一下。

「這是一場卑鄙的突襲，」她呸口道。「星族不會讓你得逞的。」

松星沒有回答。

「帶你的傷兵回去吧。」楠星的咆哮聲裡帶著鄙夷。

松星眨眨眼，低下頭去。

雷族戰士開始往營地入口撤退，個個垂頭喪氣。知更翅跛得很厲害，臉上流血的陽落正扶著她慢慢走。小耳氣喘吁吁地掙扎著想站起來，不知道該走哪個方向，雀皮跑過去幫忙。石皮舔舔肩上的傷口，往入口走去。蛇牙的眼裡閃著怒光，無視周遭風族戰士的嘶聲作響，昂首闊步地從他們面前走過。花尾偎著暴尾的肩膀蹣跚而行，眼睛旁邊還在流血。

藍掌眼巴巴地望著自己的母親，等她站起來。

「我得去幫忙月花。」她甩開捷風，恐懼像爪子一樣緊緊攫住她。她絕不讓鷹心再碰她母親一根寒毛！她衝下斜坡，從一群表情茫然的風族貓兒身邊擠過，踏過水坑，濺起血色水花，眼睛連眨都不敢眨。

「藍掌！等一下！」捷風追在後面，懇求她停下來，藍掌終於在她母親身邊煞住腳步。

月花的雙眼半閉。

感謝星族！

「月花！月花！」藍掌用鼻子推推她母親，希望看見癱軟的她能有所回應，但月花的身體只是往後挪了一點。

藍掌絕望看著母親的眼睛。「是我！我是藍掌！」她希望母親能認出她，但那雙眼睛依舊空洞無神，只映照出天空的灰雲。

「藍掌。」松星溫和的喵聲在她身後響起，她轉身抬頭看他。

「她為什麼不站起來？」藍掌哀號。

松星搖搖頭。「她死了，藍掌。」

「她不可能死！」藍掌轉身回去，伸出腳掌按住她的腹側，不斷搖她。「她不可以死，我們是戰士，不是惡棍貓或獨行貓，戰士不會無緣無故地被殺害。」

這時鷹心發出一聲嗥叫，藍掌抬頭看見風族巫醫就蹲在一條尾巴之外的地方。

「她想毀了我們的藥草庫，」他回吼道。「這理由夠充分了吧。」

「這是星族的指示！」藍掌絕望地瞪著松星。「我們沒有選擇。」她在搜尋他的認同目光。

「是祂們要我們做的，不是嗎？鵝羽是這樣說的。」

鷹心哼了一聲，站起身來。「你們太相信鵝羽那張嘴了。」說完，尾巴一彈，轉身大步離去。

「他是什麼意思？」藍掌低語道。難道這一切都沒有意義嗎？月花不可能死掉。年輕的見習生又去推她母親。「快醒來！」她哀求道。「這是個誤會，妳不可以死。」

她感覺到捷風的腳掌輕輕撫上她的背，松星走上前來，一把叼起月花的頸背，默默拖著陣亡的貓兒穿過泥濘的空地。藍掌甩開捷風，跑上去跟在旁邊，口鼻輕輕抵住她母親濕透的毛髮。她聞起來還是像以前一樣有育兒室的香味。

快醒來！妳答應要帶我們去林子裡採集青苔的！妳答應過的！

「月花？」他們走出刺藤叢時，突然聽見坡頂傳來雪掌顫抖害怕的聲音。白色見習生連跑帶滑地下來，舔著月花的毛髮。

「她傷得很重嗎？」她一邊舔一邊問。「羽鬚正在照顧小耳，要不要我去叫他來？」

藍掌茫然地看著妹妹，低聲說：「她死了。」

「不！」雪掌的哀號變成嗚咽，腿癱軟在地上。松星扛著月花，艱難地爬上斜坡。藍掌趴下來，鼻子探進妹妹的白色毛髮。

「她答應過不離開我們的。」雪掌哀號道。

「沒關係，」藍掌鼓起全身僅有的力氣，安慰她道：「從現在起，我會好好照顧妳。」

雪掌憤憤地瞪她一眼。「我不需要妳照顧，我要月花！」她跳了起來，跟著松星衝上斜坡。

藍掌看著她走遠，心裡暗自發誓，**我以後一定會好好照顧妳。**

她看見暴尾身影消失於坡頂。他知道月花死了嗎？她以為自己的心一定會很痛，但沒有。她下定決心，要好好照顧雪掌，要好好照顧部族。她不要再失去族裡任何一隻貓，絕不能再像今天這樣。她站起來，心情沉重地跟著族貓爬上斜坡。

等他們穿過高地，來到四喬木的邊界時，雨勢已經和緩。他們疲憊地走在四棵巨大的喬木底下，這時風突然停了，枝葉全都靜止不動。這是星族捎來的默哀嗎？祂是在否定還是譴責這次的突擊行動？**抑或在為月花哀悼？**藍掌抬眼仰望，看見頭上幽黑樹影交織錯生，突然覺得孤單像刺一樣扎進心裡。她拱縮起肩膀，跟著族貓慢慢走回家。

豹掌一跛一跛地蹣跚前進，至少蜘蛛絲已經止住了血。花尾仍倚在暴尾身邊，而他的目光也始終沒離開過她。蛇牙和捷風則在幫忙松星扛月花的屍體。羽鬚走在小耳旁邊，隨時盯看這位不良於行的戰士。雪掌跟在後面，垂在地上的尾巴，沾了許多泥土，早已凝結成塊。

藍掌不知道該不該追上去，但又不知道說什麼才能讓她和妹妹都好過一點。石皮停下腳步，回頭看她，眼裡滿是同情。他一句話也沒說，只是等她過來，然後默默走在她身邊，間接給她溫暖。他肩上的傷仍在流血，**傷口想必很深。**

「羽鬚看過你的傷口了嗎？」藍掌問道，並且訝異自己語調竟然如此平靜。

「沒關係，等回到營裡再處理。」

他們再次沉默地結伴而行，進入森林，沿著小徑，回到營地。

藍掌走進空地時，風翔和絨皮正焦急地繞著那群疲憊的傷兵打轉。斑尾從育兒室裡衝過來，憂心忡忡地招呼小耳，嗅聞他的毛皮，檢查傷口。

鵝羽從巫醫窩裡出來，打了個呵欠。「戰況如何？」當他看見松星將月花的屍體放在他面前時，不禁瞪大雙眼，倒退一步。

「我不知道她陣亡之前，到底有沒有毀了對方的藥草庫。」他吼道。

鵝羽張嘴想說什麼，但一句話也說不出來。

「是你殺了她！」捷風的尖叫聲嚇了藍掌一跳，那隻母貓倏地衝向鵝羽，將他撞倒在地，嘶聲對他吼道：「這一次，你那可笑的預言害死了族裡的一隻貓。」

「住嘴！」松星喝令道。

可是捷風已經抬起爪子出鞘的腳。

蛇牙和褐斑趕緊跑進空地，拖住捷風，不讓她傷害受驚的巫醫。他們抓住她的背，鵝羽蹣跚爬了起來，甩甩凌亂的毛髮。

雀歌、糊足和草鬚也從斷樹殘枝間跑了出來。

「你們輸了？」雀歌的語氣似乎無法相信眼前所見。

松星點點頭。「我們必須撤退……月花死了。」

哀號聲從育兒室外面傳來，罌曙衝向月花屍體，蹲了下來，鼻子埋進她的毛髮。

「發生什麼事？」小薊、小甜和小玫瑰也跟在後面跌跌撞撞地出來，他們看見他們的母親趴在月花的屍首上痛哭，趕緊煞住腳步。

小甜那雙又圓又大的眼睛看向藍掌。「她真的……死了嗎？」她低聲問道。

藍掌望著她，話哽在喉嚨裡說不出來。她瞥了雪掌一眼，但她的妹妹只是瞪著地面。

石皮上前一步，望著月花。「我們不應該發動這場戰爭的！」

「我只是把星族的指示詮釋出來。」鵝羽冷靜地為自己辯解。

「也許你應該先學會怎麼詮釋天氣而不是獵物。」知更翅從松星旁邊擠過來，站在石皮這邊。「天氣這麼糟，星族會要我們出征嗎？」

陽落瞇起眼睛，目光來回掃看蛇牙和暴尾。「也許鵝羽只是想滿足少數貓兒的野心，而不是在詮釋星族的旨意。」

松星用肩膀頂開他們，走到最前面。「夠了！」他怒吼道。「這次的失敗不能怪到鵝羽頭上。戰士本來就該為部族犧牲，這是戰士守則！我們的傷者必須趕快接受治療。再吵下去一點幫助也沒有！」

羽鬚急忙衝到前面。「我去拿更多藥草來。」說完隨即消失在羊齒植物的隧道裡，鵝羽也趕忙跟上去。

「你躲起來好了。」捷風低聲咕噥說道。「星族早晚會審判你的。」

藍掌四肢不住地顫抖，她就是沒有辦法忘卻母親被鵝羽害死的那種疑慮。受傷的貓兒紛紛跛著腳走向巫醫窩的空地裡。藍掌看見斑尾和罌曙從育兒室和戰士窩旁邊分別摘了些薄荷葉和迷迭香，然後拿藥草磨擦她母親的身體。她看了心裡一寒。而且連雀歌和草鬚也加入她們，幫忙將月花的腳塞在身子底下，並開始舔她的毛髮。

「妳要守夜嗎？」斑尾的溫柔叫聲喚醒了恍神中的藍掌。

貓后和長老們已經完工，月花的屍體被放在空地中央，全身光滑，表情平靜，彷彿沉睡中。烏雲散盡，太陽停在樹頂，樹冠染成粉紅。月花的毛髮閃著銀光。藍掌的悲痛深到必須費力呼吸。她記得她第一次睜開眼睛時，是多麼驚豔於她母親的美麗。她好希望自己能再回到臥鋪，聽著月花沉穩的呼吸聲，等待她的喚醒。

「妳要守夜嗎？」斑尾又問了一次。

藍掌終於發怒。「你們為什麼要把她弄得像睡著一樣?她死了！」她瞪著雪掌，但雪掌眼神空洞，裡頭只有悲傷。

陽落從高聳岩下方陰暗處走過來，尾巴搭在藍掌肩上。「沒有誰會想假裝月花還活著，她現在和我們的祖靈在一起，回到星族。但她仍會守護妳，就像以前一樣，永遠不會離開藍掌。」

藍掌身子一扭，甩開陽落。「她已經離開我了，我不要她到星族去，我要她在這裡，我要看見她，我要和她說話。」

陽落冷靜看她。「我保證妳會在夢中見到她。」

藍掌強忍住悲傷，不讓自己哭出聲，在月花屍首旁蹲了下來。雪掌也過來窩在她旁邊，兩姊妹相互依偎，鼻頭緊緊抵住母親毛髮，薄荷和迷迭香的氣味掩蓋了她身上原有的氣味，這讓藍掌的心更痛了。貓兒們一個接一個地過來陪著守夜，影子愈拉愈長。藍掌感覺到周遭溫熱的體溫，尤其傍著冰冷的月花，感覺更明顯。她將鼻頭深深埋進母親的腹毛裡，希望能從她身上找到一絲殘餘的溫暖，但月花的身體已如大地一樣僵冷。

妳說過妳會永遠陪我，為什麼妳還是死了？

第十章

去他的老鼠屎！藍掌不再緊緊巴住樺樹的樹幹，反而倒退地慢慢滑下來。剛剛那隻松鼠跑得太快，一下子消失在樹頂枝葉間，害等在樹下的狩獵隊被灑得一頭的雪。

陽落低頭閃過。「別氣餒，」他朝上面喊道。「松鼠在雪地裡一向跑得比較快，因為雪撐得住松鼠的重量。」

不用你說我也知道！藍掌真希望她的導師還是石皮，至少石皮不會把她當笨蛋。可是自從那場風族之役後，石皮的肩傷一直沒有完全好，只能提早退休去當長老，如今她成了陽落的第一個見習生。儘管罌曙和捷風一再告訴她，能接受副族長的親自指導是多麼榮耀的事，但藍掌還是不相信他有多厲害。

要是我剛剛追蹤的技術再高超一點，一定已經抓到了。

他們一整個早上只聞到這隻獵物，她卻讓

牠溜掉了。當她從樹上四腳朝天地掉進樹根旁的雪地時，雪掌的聲音在朦朧的林子裡響起。

「我知道有什麼方法可以把獵物引出洞裡。」

「大聲叫牠們出來嗎？」藍掌譏諷道。雪掌說話的聲音怎麼老是那麼大？

「什麼方法？」雀皮示意見習生走近一點。於是雪掌像兔子一樣跳過來，肚皮在鬆軟的白色雪地留下一條痕跡。

獅掌跳上藍掌旁邊的樹根，半個月圓之前，他才升格為見習生，但個子已經和她一樣大了，而且就像一般新進見習生一樣自以為了不起。目前為止，他只抓過兩隻老鼠，沒見識過戰爭，卻認為當上見習生是世上最了不得的事。

他在藍掌身邊坐定，藍掌卻弓起肩膀。他就不能坐在他導師那邊，一定要來這裡煩她嗎？

「我很好奇她的點子是什麼？」獅掌喵聲說。

「誰在乎啊？」藍掌嗤之以鼻。「搞不好附近所有獵物都已經被她嚇得逃回洞裡了。」

「脾氣別這麼壞嘛，」獅掌輕輕推她。「雪掌的點子一向不錯。」

藍掌拿腳爪搓搓鼻子，想讓它暖和一點。「也許她的點子是大叫一聲，林子裡的老鼠和小鳥就會跑出來看發生什麼事了。」

獅掌沒理她。「我好喜歡下雪天哦，」他喃喃說道，望著林子。「一切都變得好明亮、好潔白。」

「你有哪件事情不喜歡。」藍掌咆哮道，性子一使，滑下樹根，卻四腳陷進了下方雪堆。這裡簡直冷死了，不過總比聽獅掌嘀嘀咕咕來得好。這傢伙老愛嘻皮笑臉。自從他搬進見習生窩之後，要想睡個好覺簡直比登天還難。他愛開玩笑，沒事就要逗逗別隻貓兒，搗個蛋。只要獅掌待在窩裡，薊掌、甜掌和玫瑰掌就永遠笑個不停。

如今就連雪掌也好像變得開心多了。

叛徒！

難道她忘了月花嗎？

現在連金掌也搬進見習生窩，那裡變得跟以前的育兒室一樣擁擠。藍掌有點嫉妒豹掌和斑掌。他們現在是戰士了，正式改名為豹足和斑皮。至少他們可以在紫杉叢裡安靜地睡大覺。戰士絕不會認為把瓢蟲塞進室友的臥鋪裡是件好玩的事，也不會叫醒室友去看所謂的美麗月亮。

豹足和斑皮真幸運。

藍掌費力地從雪堆裡爬出來，暗自希望要是自己的腳夠長，肚皮上的毛就不會老在雪地裡拖了。黏在毛上的雪塊每次都得花很多時間才清理得掉。她走到雀皮和雪掌那兒，甩甩鬍鬚上的雪渣。「妳的點子是什麼？」

雪掌眼睛一亮。「我覺得我們可以在樹根上放些堅果和種子，引誘獵物出來。」

藍掌翻翻白眼。「妳有帶堅果來嗎？」

雪掌搖搖頭。「這次沒帶，不過我知道鵝羽有留一些堅果用來提煉藥膏。下次我們可以帶一點來，然後……」

藍掌打斷她。「說的好像他真的會給妳用他那些寶貝似的。」

「我們只需要一點點，」雪掌指正道。「而且獵物也不可能吃掉啊，因為我們會先逮住牠。」

雀皮緩緩點頭。「我覺得這主意不錯。」

陽落也在一旁點頭稱是。「我也覺得可行。」

藍掌沉著臉對她的導師說：「我猜你一定認為如果是她來抓那隻松鼠，一定抓得到。」說完轉身從雪地裡跳走，四肢凍到已經開始微微刺痛。

「禿葉季本來就不容易抓到獵物，任何貓兒都一樣！」陽落在她身後喊道。

藍掌沒理他。

「對不起，」她聽見雪掌喵聲道。「她心情又不好了。」

雪掌憑什麼替她道歉？**她又不是月花！**藍掌鑽進蕨叢，蕨葉上頭覆蓋的白雪掉了下來。蕨叢裡有一條小徑，她循著小徑，覺得腳下總算踩到硬實的地面，稍稍寬了心。她聞到陳腐的狐狸味，靈光一現，心想這條小路或許狐狸常走。一想到可能遇見狐狸，腳底就突然很癢，真想狠狠打上一場架。

她心情又不好了。雪掌的話言猶在耳，她氣得甩打尾巴。

她用力踏步，走進蕨叢深處，不願去想心裡那像刺在扎一樣的罪惡感。她不是因為雪掌才生氣。事實上，自從月花死後，每天早上藍掌一醒來，總覺得胸口有個悲傷的洞，像傷口一樣一再被打開。她希望是母親來教她怎麼穿過雪地，而不是陽落。如果月花還活著，她會教她如何狩獵，這樣一來，就不會在室友面前出糗了。為什麼她**不在了呢？**

藍掌又往前走了幾步，蕨叢裡的小徑變寬了，最後她走進一處露天窪地，地上積滿厚厚的白雪。前方是片挖鑿出來的沙坡，上頭也覆滿白雪。沙坡底部裂了一個洞，裡頭黑黝黝的，雖然洞口周圍的積雪完好無缺，但有濃烈的狐狸味自幽暗的洞裡傳出。

狐狸洞！

藍掌瞪著那個黑幽幽的洞穴，頸背毛髮豎得筆直。她怨氣衝天到相信就算有一整窩的狐狸，她也能一夫當關。她爪子出鞘，卻在這時聽見身後蕨叢窸窣作響，她身子一凜，蓄勢待發，準備迎戰，等背後的腳步聲砰地一聲踏上冰封的地面，她立時旋身，雙耳平貼，卻驚見陽落從金色的蕨叢裡出來。

「我的老天，妳在這裡做什麼？」他氣急敗壞。「妳沒聞到狐狸味嗎？」

「我當然聞到了。」藍掌厲聲回答。

「可能有一整窩的狐狸住在那裡。」陽落指指那個洞。「就等著像妳這種鼠腦袋的獵物上門，讓牠們吃一頓免費大餐。」

藍掌挑釁地瞪看他，沒有說話。

「妳真的以為妳有本事跟狐狸打？」

這時洞穴深處出現聲響，像是爪子在耙沙土，恐懼瞬間襲捲藍掌。

陽落輕輕挪到她身後，將她往蕨叢裡推。「快走！」

藍掌掃了一眼黑洞，轉身跟著陽落沿小徑跑出去，當他們衝出蕨叢時，她的心還在狂跳。

陽落轉頭嗅聞空氣。「沒有跟上來。」

藍掌抬高下巴，不希望陽落察覺到她其實鬆了口氣。「其他貓兒呢？」她問道。

「我要他們先回營裡去。」陽落告訴她。「天色已經晚了。」

藍掌轉身正要走。

「等一下，」陽落卻叫住她，並用尾巴指指樺樹的樹根。「我想跟妳談一下。」說完便用腳爪掃掉樹根上的積雪，跳了上去，順道清出身邊一個位置。「妳先說妳到底是怎麼回事，我們再回營地。」

藍掌神情不羈地拿爪子刮著樹皮，在鬆軟的雪地裡劃出一條又一條銀白色爪痕。她不想對陽落說。也不想跟任何貓兒談。她只想回家，窩進臥鋪裡，遠離雪地、遠離這裡的天寒地凍還有她的同伴。

「沒有怎麼樣啊，」她堅不吐實。「我只是又冷又餓。」

「我們一樣又冷又餓。」陽落琥珀色的眼睛一直盯著她。「但不能因為這樣，就無理取鬧。」

「我沒有無理取鬧。」

「妳剛剛想去探狐狸窩。」陽落突然發飆，目光凌厲地瞪著她，藍掌頓時嚇得只敢低頭看自己的腳，儘管空氣寒冽，兩耳卻發燙。

「要是妳被狐狸宰了，雪掌怎麼辦？」陽落繼續說道。「她才剛從月花過世的陰影裡走出來，如果妳也死了，她怎麼承受得了。」

藍掌一把無名火衝上來，反嗆回去。「我又沒死。」

「那妳剛剛在幹什麼？」陽落逼問道。「抓隻狐狸，帶回去當大餐？」

藍掌聳聳肩，別過臉去。

「妳給我坐下來，告訴我到底怎麼回事？」

藍掌心不甘情不願地坐在他旁邊。地上的樹根又涼又濕。「我只是今天心情不好。」

「妳好像每天心情都很不好。」

不要再說了！不要再說了！

「現在是禿葉季。」陽落開口道。

夠了！

「我們大家都在盡力想餵飽族裡的貓兒，但就我來看，妳根本沒那個心。妳好像對每件事都不屑一顧。測驗的時候，也只是勉強應付，我知道妳其實可以做得更好。有時候我真覺得當妳的導師根本是在浪費時間。妳老是對族裡的貓兒亂發脾氣，結果弄得現在他們都對妳避之唯恐不及。大家都在努力盡自己的本分，妳卻心不在焉，狩獵的時候，腳像綁了鉛塊似的。」

他的話有如針在刺，藍掌發現她的自我正隨著他的每一句話而愈縮愈小。

「為什麼族裡的貓兒什麼都為妳想，妳卻不為他們想呢？」

她的眼睛開始刺痛。「我……我……」她的話哽在喉嚨，好不容易吐出微弱的聲音。「覺得一切都變了。」窒悶的沉默當頭罩下。她感覺到陽落的尾巴輕撫她的腹側，於是抬頭看他。

「妳太想月花了，」他喵聲道。「妳當然想她，但她是為了保護部族而犧牲自己。」

「保護？」藍掌毛髮頓時豎得筆直。「我們是去攻擊別族，不是保護自己。」

「我們是想保住自己的領地。」

「你確定？」藍掌怒目瞪他。**真的是星族下的指令嗎？**

陽落迎視她的目光，眼皮眨也不眨。「妳那天出征時，心裡相不相信我們是為了保住雷族的領地而戰？」

藍掌猶豫一下，回想當時心情，最後點點頭。

「那天出征的貓兒們也都這麼想。」陽落掃了地面一眼。「我們認為自己是在執行星族的指令。我們也許是對的，也許錯了，但為部族而戰本來就是戰士守則的一部分。不管妳有任何懷疑，都不能質疑戰士守則。這片林子和族裡的貓兒或許不斷在變，但戰士守則永遠不變。」

藍掌緩緩吐了口氣，陽落則繼續說。

「月花很清楚這一點，她奮勇作戰，死得其所。」陽落瞥了藍掌一眼。「戰士戰死沙場，是天經地義。但他們並沒有離開我們。他們加入星族，找到以前的親友，一起在天上守護著我們。」

藍掌看著樹影外逐漸暗沉的天色，銀毛星群馬上就要現身夜空，月花真的在那裡看著我嗎？她的心突然痛了起來，她真的很想相信。

「月花希望妳像她一樣勇敢。」陽落喵聲說。「像她一樣盡好本分。」

你又知道了？藍掌突然一陣憤慨。「妳覺得她希望我們都像她那樣毫無意義地送命嗎？」

陽落甩打尾巴，掃掉身後白雪。「為部族戰死叫做毫無意義？」

藍掌的爪子戳進樹皮，陽落則在這時深吸一口氣。「我也希望月花還活著，」他黯然低語，表情難過，這令藍掌有些錯愕。他隨後站了起來，甩掉尾巴上的雪渣。「但她已經死了，妳不可以一輩子沉浸在悲傷裡，妳的部族需要妳，多放點心在訓練上吧。」他犀利說道，同時從樹根上跳下來。「這樣一來，才不會胡思亂想。」

我才沒胡思亂想呢！月花又不是扎在我腳掌裡的一根刺，拔掉之後，說忘就忘！藍掌跳下樹根，但因天氣太冷，腳被凍麻了，以致於落地的動作很不俐落。

陽落回頭掃她一眼。「妳沒事吧？」

「當然沒事！」她直起身子。她會證明給他看，她是他所見過最優秀的見習生，但她也絕不會忘了月花。

陽落帶著她穿過林子，同時瞥了天色一眼。雖然太陽還沒下山，斑駁的圓月已經高掛灰藍的天空。「我今晚會帶妳去參加大集會，」他喵聲道，「雖然我並不確定妳到底夠不夠格參加。」

那就別帶我去啊，但藍掌忍住沒說出口。

「不過帶妳去見見別族的貓兒也好，這樣一來，除了戰場上的交手之外，也能認識一下平常私底下的他們。」

是喔，誰要認識他們啊？別族的貓兒現在幾乎都不跟他們說話了。自從那場戰役之後，他們都把雷族視為卑鄙的貓頭鷹，一有機會就指責他們卑鄙偷襲風族的藥草庫。影族甚至提議他們應該送獵物給風族，作為賠償。

「我不懂我們為什麼還要去，」藍掌嘀咕道。「反正他們都那麼討厭我們。」

陽落停在溝谷邊緣。「就讓他們嘲笑吧。」他背上的毛髮豎得筆直。「我們也是損失慘重啊。石皮因這場行動而提早退休進了長老窩，豹足的傷也才剛痊癒。」

還有犧牲月花一條命。藍掌不發一語，想看他敢不敢說出來。但雷族副族長卻滑下溝谷邊緣，從崖邊跳了下去。

「別擔心，」他回頭喊道，藍掌這時也跟在後面跳下來。「等過陣子發生別的事情，他們就會忘了那場戰役，這世上沒有什麼事是永遠不變的。」

藍掌跟著他爬下溝谷，沿著小徑往營地外的金雀花屏障走去。一走進營地，回家的感覺頓時寬慰了她的心。空地總能帶給她某種安全感，至少這裡沒有寒風襲來。在林子雪地裡長途跋涉之後，她總算又感覺到四肢的存在。

陽落也許說得沒錯，月花現在正在星族那裡看著她，希望她成為最勇敢的戰士。所以就算暴尾不在乎她又如何？她要讓月花以她為榮。她要像她一樣勇敢、忠誠，願意為自己的信仰犧牲奉獻。

這是好幾個月圓以來，藍掌首度覺得心裡放下一塊石頭。她深吸口氣，感覺到冰涼的空氣正燒灼著她的肺，點醒了她這是禿葉季，正是部族最需要她的時候。

第十一章

藍掌隨隊抵達山谷邊緣時，耳尖已經凍得發痛。但至少剛剛是在結霜的硬實地面上跑跳，而不是在深軟的雪地裡艱難跋涉。所以儘管四隻腳已經被凍得像冰塊一樣，但林間的奔跑多少暖和了她的身體。

陽落停在松星旁邊，豎直耳朵，俯看斜坡，吐出的鼻息像白煙裊裊。「河族還沒來。」他喵聲說。

藍掌嗅聞空氣。「影族和風族已經到了。」她的舌頭強烈感覺到他們的氣味。

松星的鼻孔動了動。「依味道來判斷，他們才剛到沒多久。」

「夜裡這麼冷，沒有貓兒喜歡在外逗留。」羽鬚評論道，這位巫醫見習生站在鵝羽旁邊，為了禦寒，抖鬆了一身的毛髮。

獅掌在山谷邊緣滑來滑去地玩。「我們可以下去了嗎？」他喵聲問道。

這是獅掌和金掌第一次參加大集會，一路

上獅掌老愛跑到隊伍前面，每次都要松星喝令他回隊伍裡，待在捷風旁邊，他才乖乖聽話。

他一點都不緊張嗎？

金掌正在發抖，藍掌猜想應該不是因為冷的關係。她想安慰她，試著捕捉見習生的目光，但金掌一直專注看著山坡下正在四喬木之間閒晃的貓兒們，看上去猶如水中斑駁的黑影。

「我沒想到會有這麼多貓欸。」她低聲道。

花尾的尾巴輕輕滑過年輕見習生的背脊，撫撫她的毛髮。「別擔心，只要月圓完好無缺，休戰協定就正式生效。」

藍掌抬頭望去，幽暗的天空沒有一絲雲彩，閃閃發亮的星星像碎冰一樣圍繞著奶油色的月亮。

雪掌繞著薊掌轉，腳底下的雪地被踩得嘎吱嘎吱響。「如果有誰敢再提到風族那場戰役，我就當場撕爛他，」她誓言道。「我不想再聽見那件事了。」

松星嚴厲地瞪她一眼。「誰都不准動粗。」他警告道。

「他們現在應該也聽煩那件事了。」風翔吼道。

蛇牙哼了一聲，噴出裊裊白煙。「他們只是找藉口挑釁我們。」他用尾巴示意薊掌。「這次你千萬要跟緊我，」他告訴他的見習生。「你上次差點跟影族見習生打起來。」

「你不是告訴過我，懦夫才會不戰而逃。」薊掌回嗆道。

蛇牙瞪他一眼。「我沒有說你不可以跟他打，只是不能在大集會上，你太沉不住氣了。」

「可是他說我看起來像小貓。」薊掌反駁道。

「這次月圓，你的樣子就不像小貓啦。」雪掌柔聲說道。

藍掌爪子狠鑿地上的雪塊。

「我們最好下去。」陽落提議道。

下方空地的貓兒抬起頭來，看見雷族到了，眼睛一亮。

松星點點頭，彈彈尾巴，率眾衝下斜坡。藍掌心跳加速，往前奔去，毛髮輕輕拂過身邊的陽落，與他並肩齊跑。雪地上的她連跑帶滑，雖然試圖保持平衡，卻發現煞不住。她瞇起眼睛，深怕被前頭貓兒腳下濺起的雪渣波及到。他們轟隆隆地從濕滑的斜坡集體衝進空地，盡量保持行動一致，速度之快，像秋風掃落葉一樣嚇得風族和影族貓兒四處竄逃。

「小心點！」一名風族戰士閃到旁邊。

「這是大集會，又不是作戰！」一隻影族的虎斑貓瞇起眼睛，大聲罵道。

兩名長老本來在互舔毛髮，卻被硬生趕到旁邊，氣得破口大罵。

藍掌想煞住腳步，卻來不及地撞上陽落，同時感覺到後方的雪掌也撞上她。

「小心點！」一隻風族的貓兒譏諷道。「你們不知道這裡結冰嗎？」她立時轉過身來。

她認出鷹心的聲音。那傢伙看見雷族貓兒跌跌撞撞地衝進來，不屑地抽抽鬍鬚。自從月花死在他手裡之後，這是她第一次再見到風族的巫醫。藍掌的雙耳充血，根本聽不見旁邊的陽落說什麼，直到後來才聽到。

「星族自會審判他。」雷族副族長低聲說道。

但如果是錯在我們攻擊對方，或許星族會原諒他……

藍掌抬起下巴，瞪著鷹心，即便他的目光逼視她，她也不願在他面前示弱。

「哦，妳已經不是小貓戰士了，」鷹心終於認出她。「成了見習生嗎？」

藍掌還沒來得及回答，楠星就從他們中間穿過，並回頭看了斑色的巫醫一眼。「到巨岩旁邊等我。」

鷹心垂下頭，緩步走開。

「松星。」楠星冷冷地和雷族族長打聲招呼。

松星點個頭。「楠星。」

楠星的藍色眼睛有冷光一閃而逝，隨即轉身，回到自己族貓那裡。

「那是高尾。」雪掌指著一隻正在楠星耳邊低語的黑白公貓。「雀皮認為他以後可能成為風族族長。」

「為什麼？」藍掌望著那隻風族公貓。他的體型像風族的貓兒一樣小，但尾巴卻朝夜空伸得筆直，比其他貓兒的尾巴都來得長。

「他是很厲害的戰士，而且很聰明。」雪掌答道。

高尾的目光掃向雷族貓兒，眼裡帶著譴責。

藍掌心裡不安到爪子微微發癢。「他們瞪著我們看的樣子，分明就還記得那場戰役嘛。」

雪掌挨在她身邊。「別理他們。」她安慰道。

「他們都是這樣嗎？」金掌的眼睛瞪得大大的，非常擔憂。

獅掌彈彈尾巴。「如果大家都這麼陰陽怪氣，那要休戰協定做什麼？還不如大幹一場算了。」他的爪子出鞘。

「也許河族會親切點。」金掌試探說道。

「如果他們來得了的話。」雪掌掃視積雪的斜坡。

藍掌開始發抖。「也許他們沒能熬過這場大雪。」

這時突然出現爪子磨擦岩面的聲音，藍掌轉頭看見影族的灰色族長杉星已經爬上巨岩頂。

「大家過來集合吧！」他大吼道。

「是誰准他在那裡大呼小叫的？」蛇牙在雷族戰士群裡低聲怒罵。

影族和風族都往巨岩走去。

「來吧。」松星也帶著他的族貓過去。蛇牙踢踢地上的雪，也跟了上去。

齊聚在巨岩下方的族貓們靠著彼此體溫互相取暖，呼出的熱氣有如陽光下河面的氤氳水霧，藍掌總算覺得溫暖許多，心中多少感激。

金掌抬眼看著那座在冰雪下熠熠生輝的巨大岩石。

杉星黑灰色的毛皮像磨光的岩石一樣閃閃發亮，這時松星也跳了上去，站在他身邊。楠星隨後跟上，坐在離雷族族長有點距離的地方，她的毛髮賁張，皺起鼻子，像聞到什麼令她不適的味道一樣。

風翔擠到雷族貓兒的前面。「河族還沒到，我們不可以先開始。」他喊道。

「那我們就應該坐在這裡等到凍死嗎？」一名影族戰士從後方嗆道，對方的毛皮黑到發亮，一雙綠色眼睛炯炯有神。

楠星向前傾身。「我們開始吧。」

別族的貓兒都發出同意聲浪。

「至少我們可以早一點回去了。」雪掌在藍掌耳邊低聲說。

正當杉星站起來時，山腰處的橡樹下方傳來一聲吼叫。

「等一下！」花尾喊道，她伸長後腿。「河族來了。」

藍掌透過橡樹的枝葉縫隙，看見河族貓兒們正魚貫跑進空地。他們從山坡衝下來，地上雪花被踐踩得漫天飛舞，最後在空地上緊急煞住腳步，踩踩雪地。

杉星瞇起眼睛，霰星這時也跳上巨岩。河族貓兒不發一語地挨在雷族貓兒四周，他們身上又冷又濕，還強擠進來，魚腥味熏得藍掌頭昏腦脹。

雪掌用腳掌擦擦鼻子。「他們就不能去影族那兒取暖嗎？」她埋怨道。「不然至少也別呼出那麼噁爛的臭味嘛。」

藍掌閉上嘴巴，免得聞到那味道。至少河族對待他們的態度不像別族那樣活像他們全得了綠咳症似的。可是他們為什麼遲到？她抬眼看看那幾個族長，等霰星給個解釋，但河族族長只是向其他族長點頭招呼。

「我們開始吧。」他喵聲說，仍在氣喘吁吁。

藍掌眨眨眼。為什麼這些族長這麼不信任彼此？即便有月圓的休戰協定，還是堅不吐實。

這時不知道誰突然從後面重重推了藍掌一下，害她的前腳在冰地上打滑，差點跌倒。她不悅地扭頭過去。「小心點！」

一隻矮胖的灰色虎斑貓坐在她後面。

笨蛋！「你差點害我跌倒……」她話說到一半，舌頭突然打結。這隻虎斑貓的嘴巴長得很怪，是歪的，彷彿上下顛倒。她瞪大眼睛，被他的怪異長相給嚇了一跳。

「嗨，」虎斑貓喵聲道。「我叫曲掌。」

「曲掌？」他個頭兒好大，竟然還在當見習生，可是他的腳看起來沒有不良於行啊。

他聳聳肩。「我猜我以後的戰士名應該會叫曲顎吧。」他玩笑說道。

他真的是見習生！藍掌心想她該怎麼回話呢？才不會讓他覺得很沒禮貌。

「除非……」他的尾巴在她鼻子底下彈一彈，「我的尾巴也長歪了，霰星就得再傷腦筋想別的名字了。」

藍掌不安地蠕動四肢。這種事也可以拿來開玩笑嗎？

曲掌聳聳肩，別過頭去，神情黯然。「我就知道別的貓兒只會瞪著我看。」藍掌聽見他這麼說，心情突然感到沉重。

她全身發燙，有些愧疚。「對不起，」她歉聲說道。「你只是嚇了我一跳，我沒別的意思。」

「在大家都對我見怪不怪之前，」曲掌抬起下巴。「我最好也見怪不怪這種事吧。」他的眼神又恢復原來的詼諧。「至少他們都會記得我的名字。」他愉快說道。「妳叫什麼名字？」

「藍掌。」

曲掌又坐了回去，上下打量她。「妳沒有很藍啊。」他仔細想了一下才說。

藍掌發出愉悅的喵嗚聲。「我白天看起來比較藍。」她打趣道。

曲掌環顧各族。「這是妳第一次參加大集會嗎？」

藍掌搖搖頭。

「那妳知道這裡是怎麼回事嗎？」曲掌喵聲道。「這些族長在說什麼？」

「如果你仔細聽，也許就會知道了。」一名河族戰士在曲掌耳邊嘶聲說道。

曲掌朝藍掌低下頭，小聲問她：「松星是哪一個？」

藍掌用尾巴指指雷族族長，但她還是沒辦法把目光從曲掌身上移開。他以前為什麼沒參加過大集會？他應該已經當了很久的見習生。「你以前為什麼從沒參加過？」

「我年紀很大才當上見習生，」他低聲道。「小時候我常生病。」他挺起胸膛。「不過現在不會了。」他回頭看了一眼他的部族。「我猜族裡的貓兒一定都很訝異我竟然能長得這麼高大。」

藍掌的鬍鬚動了動。她喜歡這隻貓。

「噓！」這次是花尾彎身對他們說。「族長們正在說話。」

「對不起。」曲掌的眼睛閃著淘氣的黠光。他等花尾的注意力回到巨岩上，才又在藍掌耳畔低聲說道：「楠星是哪一個？」

「比較嬌小的那一個。杉星在她旁邊。」她用尾巴指指那些族長，然後又轉而指著那幾個聚在巨岩旁的巫醫們。「那是鵝羽，我們部族的巫醫，白色母貓是影族巫醫賢鬚。」這時她身上突然輕輕顫抖，「另一個是鷹心。」

「妳不喜歡他？」

「他殺了我母親。」

藍掌感覺到他的尾巴輕輕碰了她的面頰，隨即若無其事地移開。

「副族長在哪裡？」他又問道。

陽落回頭瞥他一眼。「雷族副族長就在你前面，要是你不乖乖聽話，安靜一點，他等一下就會好好修理你。」

藍掌身子縮了回去，曲掌卻翻翻白眼。難道沒有什麼事嚇得了這隻貓嗎？她忍住笑，轉頭去看族長們。

楠星站在巨岩邊。「我們的藥草庫已經重新補充好。」她的眼睛掃過雷族貓兒。「長老和小貓們也都痊癒了。」

陽落大吼道。「我們只找戰士交手，根本沒攻擊長老和小貓！」

「對不起，」楠星眼神閃爍。「我意思是，因為我們的長老和小貓曾措手不及地目睹自己親友遭受可怕的攻擊，不過所幸現在都已從驚嚇中痊癒了。」

陽落的喉嚨發出低沉的吼聲。但楠星沒理他。「雖然下雪，但風族並不缺獵物。」

藍掌瞇起眼睛。風族族長的毛髮光滑服貼在身上，看得出毛皮下方骨瘦如柴。

「我們部族在食物上不虞匱乏。」

她在撒謊。

蛇牙咆哮道。「我猜這也是為什麼你們不再到我們領地裡盜獵！」他瞪著楠星。藍掌愕然地愣在原地。這等於是要她承認那場戰爭嚇阻了風族的盜獵行徑。

「我們從來沒到你們的領地盜獵過。」楠星呸口道。「別想為自己的惡行找藉口！」圍在藍掌身邊的雷族貓兒全都發出憤怒的吼聲，她的毛髮豎了起來。蛇牙貼平耳朵，顯然很想打一架。其他族的貓兒也發出凶惡的低吼，互不相讓。飢餓顯然令大家失去了理智。他們躁動不安地不斷變換位置，連結霜的空氣也似乎發出劈里啪啦的聲響。

「我們的攻擊不是沒有理由的！」暴尾吼道。

「你們毀了一整個部族的藥草庫！」

影族戰士那兒有一隻暗色虎斑貓，正在瞪看暴尾，黃色眼睛射出憤怒的光。藍掌焦急地抬頭看看族長們，心想他們要怎麼阻止這種一觸即發的場面？楠星眨眨眼睛，從巨岩邊往後退了幾步。杉星則眯起眼睛，看著下方的貓兒們，至於松星和霰星則是不斷改變站姿。看來他們都不想第一個示弱，挺身安撫躁動不安的貓兒們。藍掌開始驚慌，背上的毛髮豎得筆直。

「我的天啊，好冷哦！」曲掌緊挨著她。藍掌身子一縮，看看四周，深怕有河族或雷族的貓兒發現他們倆太過親近。還好大家的注意力都擺在巨岩上，想看族長們的下一步動作是什麼。藍掌這才鬆了口氣，原本豎得筆直的毛髮也因曲掌傳來的體溫而恢復平順。她太緊張了。

松星上前一步。「雖然下雪，雷族丁口仍然旺盛，」他大聲宣布。「如今我們又有新的見習生，獅掌和金掌。」

群眾裡的金掌害羞地低下頭，獅掌則把頭抬得高高的，彷彿想和捷風的個子一較高下。他的眼裡閃著驕傲的光芒，可是當他發現別族的貓兒根本沒轉頭看他或向他道賀時，他只能弓起身子，像鬥敗的公雞一樣躲在導師旁邊。

「我們也多了兩位戰士，」松星繼續說道。「豹足和斑皮！」別族的貓兒還是冷漠無語。他們怎麼這麼沒度量？難道不知道當上戰士是多麼光榮的事嗎！

「在戰技訓練上，我們的年輕戰士和見習生都有長足的進步，長老也都吃得很飽。」松星不理會他族的冷漠，繼續說道。

藍掌心虛地瞥了曲掌一眼，因為她知道松星在撒謊，明明草鬚餓到肚子都扁了。還好曲掌正忙著看他的族長在巨岩上上前取代松星的位置。

霰星揚起鼻頭。「自從下雪後，河族就不再受兩腳獸侵擾。」滿意的喵嗚聲在河族貓兒裡響起。

「除了那些小兩腳獸！」獺潑在後方喊道。

鶚毛回應他的夥伴。「他們會有一陣子不敢來了。」

曲掌在藍掌耳畔喵嗚說道。「等他們在冰地上滑一跤，就不敢來了。」

藍掌倒抽一口氣。「他們跌進過河裡嗎？」一想到撞破河上的冰層，掉進幽暗冰冷的水中，就令她不寒而慄。

「他們只是打濕腳而已，」曲掌告訴她。「真是群鼠腦袋！我們河族的小貓都知道別去冰地上玩耍，除非戰士已經確定那地方夠堅固。」

霰星彈彈尾巴。「雖然結冰，但漁獲量還是很多。」他掃視自己的族貓，最後落在其中一隻貓兒身上，「我們也多了一位新戰士，讓我們歡迎橡心！」

風族和影族貓兒全都為他喝采。

他們怎麼可以厚此薄彼！藍掌覺得好憤慨。斑皮表情僵硬地瞪著前方，豹足則一臉怒容地回瞪新的河族戰士。

「他是我弟弟。」

曲掌的話令藍掌大吃一驚。

「你說誰？」

「橡心啊。」曲掌解釋道。「他是我的同胞手足。」

藍掌伸長後腿，想看清楚那隻公貓，但只看到對方紅棕色的耳尖。

「他很厲害哦，」曲掌快樂地喵嗚道。「第一天當見習生，就抓到一條魚。」

我也抓到一隻松鼠啊，藍掌發現自己不想認輸。

「他說等他當上族長，一定要找我當副族長。」

還真是內舉不避親啊！「我也有個妹妹。」藍掌大聲說道，同時朝雪掌的方向示個意。後者正坐在雀皮旁邊，離她有一條尾巴的距離。「她也是很優秀的狩獵者哦。」

「也許等他們兩個都當上族長，我們就一起當副族長。」曲掌喵聲道。

副族長？為什麼要當副族長？「我想當族長！」

曲掌愕然看她，失聲一笑。「好啊！」

這時藍掌突然跳了起來，原來花尾用爪子彈她耳朵，接著又彈曲掌的。

「噓！」花尾聽起來很不高興。「到底要講多少次，你們才會閉上嘴巴？」

「對不起。」藍掌垂下頭，然後才又小心地抬眼看向巨岩。

杉星正在說話。他的族貓們都緊張地看著他。

「我必須很遺憾地宣布一件事，我們的副族長石齒要搬進長老窩了。」

一隻瘦弱的灰色虎斑貓站在巨岩下，當他的名字被點到時，只是神情肅穆地點點頭。

「他看起來沒有很老啊。」藍掌低聲對曲掌說。

「倒是牙齒太長了。」曲掌忍住笑。

藍掌一臉疑惑地再次打量那隻灰貓，這才注意到他的牙齒從嘴唇底下像彎彎的爪子一樣長出來。她推了曲掌一把，「又不是他願意的！」但還是忍不住笑在肚子裡。

「鋸皮將接替他的職務。」杉星繼續說道。

一隻暗棕色的虎斑貓從影族貓兒裡昂首闊步地走進巨岩下方的月光下。他的體型比石齒大，月光灑在身上，拉出大片陰影，憔悴的石齒完全籠罩在他的影子下。

藍掌突然覺得毛骨悚然，她不喜歡鋸皮的調調。他根本理都不理石齒，只顧環顧自己的族貓，接受歡呼，石齒則是佝僂著身子。

「鋸皮！鋸皮！」

羽鬚瞇起眼睛看著鋸皮，藍掌心裡更感不安。這位巫醫見習生會不會是看出了這項職務調動可能帶來的麻煩？她瞥了鵝羽一眼，卻發現雷族巫醫正心不在焉地望著遠方林子。

賢鬚也為鋸皮熱情歡呼，她旁邊有隻年輕的貓兒也一樣大聲喝采。

那是她的見習生嗎？

可是那隻貓看起來一點也不像影族的貓，她有一身濃密的灰毛和一張平板的臉及一雙琥珀色的大眼睛，站在那群毛色光滑，尖嘴猴腮的影族貓兒裡，感覺很突兀。

正當藍掌打量她時，灰色母貓的眼睛突然瞄向她。藍掌嚇了一跳，但還來不及喘口氣，母貓已經移開目光，繼續為新的副族長歡呼。

不知道身為影族貓兒的感覺是什麼？為影族戰士歡呼的感覺又是什麼？雖然每逢月圓，都會見到其他三族，但藍掌知道她對他們其實瞭解不多，也永遠無法體會他們對自己部族的感情。

這時她突然發現歡呼聲已停，族長們都從巨岩上跳下來。大集會正式結束，貓兒們都各自回到隊伍，朝通往自家領地的斜坡開拔。她轉身正要跟曲掌說再見，卻見他已經跟在一大群斑色戰士的後面走了。他回頭看她，對她眨眨眼，隨即消失在陰暗的斜坡處。

「我們為什麼不再互舔毛髮？」藍掌看著捷風。「我知道別族的貓兒現在很討厭我們，但我們以前經常互舔毛髮，互相問候啊。」

捷風全身發抖。「今夜太冷了。」她抖鬆身上的毛髮，趕緊跟上已經走到大橡樹那裡的蛇牙和暴尾。

藍掌站了起來，一個身影從她旁邊刷過。

「剛剛那是誰？」雪掌的眼裡映著月光。

藍掌眨眨眼睛。「妳說誰啊？」

「就是剛剛跟妳說話的那隻河族公貓啊？」雪掌追問道。

「喔，」藍掌突然明白了過來。「那是曲掌，他是見習生。」

「他的年紀已經大到可以當戰士了吧。」

「他受訓的起步時間比較晚。」藍掌解釋道。

「你們看起來好像很熟。」雪掌的聲音像在指責她。

「那又怎樣？」

雪掌聳聳肩。「妳最好小心點，別跟別族貓兒走得太近。」

「我們只是聊天，」藍掌反駁道。「這是大集會，有休戰協定，本來就應該和睦相處。」

「但也不用那麼和睦吧，」雪掌嗤之以鼻。「連陽落都忍不住叫你們兩個閉嘴。」

藍掌用力甩打尾巴。「我不過和別的貓兒多講兩句話，又不像妳老愛跟著薊掌轉。」

雪掌嘶聲道：「妳在嫉妒我們。」

「嫉妒妳和薊掌？」藍掌厲聲回道。「妳也想太多了吧。」

但雪掌已經走遠，快步跟在雀皮後面，氣得毛髮倒豎。

橡樹底下的陽落示意她過來。「要不要一塊兒走？」

藍掌快步走到他身邊。「我對河族見習生太友善了嗎？」

「你們只是講話太大聲了。」陽落輕聲責備。

「可是和別族的貓兒交朋友，沒關係吧？」

「不要變成知己就行了，多瞭解他們一點，不是壞事。我們可以相互學習，不見得都要打架。」

「所以找他說話沒關係囉？」

陽落點點頭。「只是下一次，可以晚一點再聊嗎？」

藍掌不安地移動四肢。「對不起，」她喵聲道。「他只是比較愛講話，沒別的意思。」

陽落的鬍鬚動了動，用尾巴輕輕拍她，催她快到斜坡那裡。「走吧，在我們的腳凍成冰棒前，趕快回家吧。」

第十二章

陽光灑在營地周圍的積雪上，閃閃發亮，高低參差的樹木披覆霜雪，形成銀白世界，清澈的藍天下，錯結橫生的樹枝像極了蜘蛛網。

藍掌眨眨眼睛，擋掉強光，她的頭依然昏沉沉的，仍有睡意。

「妳還沒吃東西。」草鬚喊道。晨光下，這位長老正和石皮、褐斑、斑尾一起坐在長老窩外。

石皮正輕輕舔著肩上那條深長的傷疤。他停下動作，抬眼張望。「黎明巡邏隊找到一群歐掠鳥，帶了幾隻回來。」

藍掌若有所思地看著獵物堆上的鳥屍，肚子咕嚕嚕地叫。

暴尾和花尾正在清理空地入口的積雪，他們將雪往兩邊鏟，堆在金雀花屏障兩旁。金掌和捷風正在一旁幫忙，嘴裡呼出裊裊白煙，身上沾滿白色雪花。藍掌不禁打個寒顫。

「雪快融了。」斑尾說道。「這風聞起來缺少影族的味道，但多了風族的氣味，表示快下雨了。」

草鬚將尾巴塞進腳底下。「一旦開始融雪，我們的窩就會變得很潮濕。」他咕噥抱怨道。

突然有團毛茸茸的東西朝藍掌衝來，緊急在她面前煞住腳步，害藍掌嚇了一跳。是甜掌！

玳瑁色見習生伸直身子，毛髮蓬亂，小耳和玫瑰掌這時也衝了過來。

玫瑰掌的鬍鬚不斷抽動。「這招很厲害嘛。」她揶揄道。

藍掌抬頭瞪她一眼，卻在這時聽見金雀花叢外傳來腳步聲。蛇牙和雀皮快步走進空地，後面跟著薊掌和斑皮。他們的頭抬得高高的，眼睛炯炯發亮。嘴裡各叼著兩隻肥美的小老鼠。

獵物！

藍掌的肚子又在咕嚕咕嚕叫。

薊掌丟下獵物。「蛇牙找到一整窩的老鼠！」

育兒室一陣窸窣作響，雪掌鑽了出來，入口處堆滿舊的蕨葉和青苔，連她身上也沾了一些。

「夠乾淨了。」她看見薊掌，眼睛立刻一亮，接著看看獵物堆。「這是我這個月來第一次見到這麼多老鼠欸！」她跑了過來，用鼻子磨蹭薊掌的面頰。

薊掌挺起胸膛。「其中三隻，是我抓的。」

雪掌眼睛發亮。

藍掌別過頭去。難道她看不出來這傢伙很自大嗎？

鵝羽從羊齒植物隧道走出來，鼻子動了動。「我聞到老鼠的味道。」他從中挑了一隻，開始狼吞虎嚥。

藍掌拍打尾巴，用力踩踏地上的雪。鵝羽只會想到自己！如果他能多關心點族裡的貓，就不會送他們上危險的戰場了。

「這不是他的錯。」

藍掌被陽落的聲音嚇了一跳。「什麼不是他的錯？」

陽落眨眨眼睛。「月花的死。」

「我又沒說什麼。」

「可是妳是這麼想。」

藍掌別過臉去，不願迎視他的目光。

「去吃點東西吧，」他喵聲說。「等一下，我要帶妳出去上課。」

她從獵物堆裡挑了一隻麻雀，走到蕁麻地那裡蹲下來，咬了一口。麻雀肉已經結冰，她必須先放在嘴裡含一下，才能咀嚼。她坐下來等待肉味在舌尖裡散開，這時剛好聽見妹妹的喵聲從蕁麻地的另一頭傳來。

「不要啦！」雪掌發出開心的喵嗚聲。「好癢哦！」

藍掌豎起耳朵。

有個很小的聲音在回答雪掌：「誰叫妳要坐在芒刺上。」

「我沒有。」

藍掌囫圇吞下嘴裡食物，站了起來，偷偷繞過去。

「那妳身上為什麼這麼多芒刺？」

「那不是芒刺！」

「妳不要動，我把這根拔出來。」聽不太出來那聲音是誰，嘴裡好像蒙著什麼。

「噢！」雪掌尖聲叫道。

「拔出來了。」那個蒙著的聲音開心喵嗚道。「現在這樣子總算可以出去巡邏了。」

藍掌從角落裡跳出來，還故意撞一下結霜的蕁麻。雪掌立刻轉身，藍色的眼睛瞪得大大的。

「喔……嗨！」

藍掌瞇起眼睛細看他們。薊掌緊挨妹妹而坐，鬍鬚上還沾著她的一撮白毛。

「薊掌在幫我梳理毛髮。」雪掌解釋道。

藍掌突然很憤怒。「妳不會自己梳嗎？」

薊掌聳聳肩。「她怎麼可能搆得到背上那根刺？」他坐下來，一派輕鬆，下巴抬得高高的。

傲慢的傢伙！「我可以幫她弄。」藍掌厲聲說道。

薊掌把芒刺丟進蕁麻裡。「妳剛剛又不在。」

雪掌不安地蠕動四肢。「你去貓后們那兒看看需不需要幫忙採集新鮮的青苔？」她向薊掌提議道。他們互換心照不宣的眼神，這讓藍掌更想賞他們兩個耳光。

於是薊掌一走，她就立刻瞪著雪掌說：「妳和他到底在搞什麼？」

「他只是逗我開心。」雪掌喵聲說。

「我看得出來。」藍掌咆哮道。

雪掌的眼神閃爍。「他只是在幫我忙。」

「也幫過頭了吧！」

「戰士守則裡又沒規定室友不能當朋友。」雪掌回嗆道。

「你們看起來好像不只是朋友吧！」藍掌責備道。

「那又怎樣？」雪掌厲聲回答。「戰士守則也沒限制這一點啊。」

「所以妳是完全遵照戰士守則囉？」藍掌翻翻白眼。「這樣好了，戰士守則並沒提到睡覺和吃飯啊，所以這兩件事也許妳不該做，免得破壞守則。」

雪掌翻翻白眼。「妳太過分了。」

藍掌還沒來得及回答，陽落已經繞過來。「妳們兩個在吵什麼？」

姊妹倆同時瞪著副族長。「沒什麼！」

他瞇起眼睛。「到空地來吧，巡邏隊馬上要出發了。」

藍掌厲色看妹妹一眼，然後跟著陽落繞過蕁麻叢走回去。她的麻雀還擱在地上，但此刻的她已經完全沒有心情吃牠。

「把東西吃掉。」陽落低聲吼道。

藍掌滿臉不悅地咬了一口，無精打采地咀嚼著。
空地的另一頭，褐斑剛和其他長老合吃掉一隻田鼠，突然間，他坐了起來。「我知道怎麼讓臥鋪防潮了！」他喵聲道。
「怎麼做？」草鬚滿臉期待地看著他。
「影族邊界附近有一種灌木，它的葉子很厚很光滑，」褐斑點醒他們。「如果能採集到一些，把它們和舊的羊齒葉編在一起，融雪時，就能防地上的濕氣。」
草鬚開心地喵嗚。「也許真的有效。」
褐斑站了起來。「我現在帶玫瑰掌去摘一些回來。」
玫瑰掌抬起頭來，眼睛一亮。
「我們也可以去嗎？」甜掌瞥了她的導師一眼。
小耳點點頭。「愈多幫手愈好。」他轉頭看薊掌。「你要一起來嗎？」
藍掌以為薊掌會說他是狩獵者，不是撿葉子的，沒想到他竟跳起來說：「好啊，我去。」
雪掌撥撥腳下的雪。「我可以去嗎？」
雀皮也坐了起來，用腳爪順順鬍鬚。「到林子裡跑一跑，可以讓我們的身子暖和一點。」他朝著雷族副族長喊道。「陽落，可以嗎？」後者已經在松星窩的洞穴外找了一處有陽光的地方坐下。
「這主意聽起來不錯。」陽落點頭同意。「但是太陽沒下山前就要回來喔。」
藍掌看著巡邏隊離開，心裡覺得不是滋味。他們都沒開口邀她。陽落說得沒錯，她最近脾氣變得太壞，大家都不想接近她了。

她又咬了一口麻雀肉，卻幾乎食不下嚥。

至少曲掌喜歡我，她不甘示弱地心裡想道。

這時見習生窩洞口一陣窸窣作響，獅掌鑽了出來。「那是獵物嗎？」他在陽光下眨眨眼睛，看到獵物堆，眼睛倏地亮了起來。然後又環顧空地。「雀歌和糊足呢？」

「他們行動不便，還待在臥鋪裡，」草鬚告訴他。「這種冷天氣對老骨頭來說最難受了。」

「他們一定餓了。」獅掌叼起剩下的鼠肉，消失在斷樹枝椏間。過了一會兒又出現，身上沾了些殘雪。

藍掌聽見他肚子也在咕嚕咕嚕叫，於是把剩下的雀肉推到他面前。「要不要幫我吃完？」

獅掌眼睛一亮。「好啊，謝謝。」他喵聲道。「我餓死了。」

他吃完後，立刻洗洗臉，朝捷風喊道。「妳答應我今天要教我戰技的。」

捷風點點頭。「我沒忘，我們晚一點再去沙坑，空間會比較寬敞。」她用尾巴搔搔金掌。

「要不要跟我們一起去？」

「好啊！」

「藍掌可以一起來嗎？」獅掌問道。

藍掌眨眨眼睛。他在邀她嗎？

「她可以示範給我們看。」獅掌一臉企盼地看著藍掌。「可以嗎？」

藍掌點點頭。

陽落站了起來。「我想我最好跟你們一起去。」他伸伸懶腰，打個呵欠。「一個導師帶三個見習生，不太成比例。」

捷風開心地喵嗚。「我很歡迎多個幫手。」

陽落帶路穿過覆雪的林子，往訓練場走去。那兒的空地積滿白雪，但覆在紅土地上的薄雪已經開始融化。藍掌衝下短坡，穿過空地，突然開懷許多。戰技訓練可以幫忙暖和身體，也可以幫她忘卻妹妹和薊掌交往的事實。自從月花死後，她就不曾認真練過戰技。或許幫忙訓練室友，也是溫故知新的好機會。

「妳要我幫忙示範什麼？」她請教捷風。

白色虎斑戰士偏著頭。「我想我們先從獅掌開始好了。」

獅掌倏地衝過凹地。

「他得先學會行動前先思考。」

獅掌緊急煞住腳步，轉身對他導師說：「可是作戰時，哪有時間思考啊！」

「作戰時，最重要的武器就是你的腦袋。」捷風看著藍掌。「妳可以示範一招腹式迴旋踢嗎？」

藍掌點點頭，這是陽落最先教會她的招數之一。

捷風走下斜坡。「示範給獅掌看吧。」

藍掌蹲下來，先想一下該如何出掌，然後彎下身子，像蛇一樣轉身扭腰，後爪往假想敵的

腹部倏地一耙，旋即彈回，恢復原來站姿。

「你看懂了嗎？」她問獅掌。

可是獅掌已經等不及地往前衝，轉身扭腰，但速度太快，沒控制好，藍掌知道他一定會失去平衡，只見他後腿在空中猛踢，像風中蘆葦一樣毫無章法，隨即砰地一聲跌在地上。「去他的鼠大便！」

捷風叼住他頸背，幫忙他站起來。「你覺得你哪裡做錯了？」

「我扭腰的時機不對，太早了？」

「還有呢？」

「還有？」獅掌皺起眉頭，重覆道。

捷風目光移向藍掌。「妳出手之前，會先做什麼？」

藍掌不確定這話什麼意思。「我會先蹲下來。」

「蹲下來的時候，會做什麼？」捷風追問道。

藍掌試圖回想，但這攻擊動作對她來說太熟悉，以致於並沒多想自己要做什麼。

就在這時，她突然明白她當下其實是有在想自己要做什麼。「我會預想等一下我的落點要在哪裡，如何移動位置來達到預期的效果。」

「沒錯，」捷風開心說道。「你聽懂了嗎?獅掌?」

獅掌這時候已經蹲下來，準備第二次攻擊，但這次他全神貫注，目光陰沉，先思考了一下，才衝上去，轉身、扭腰、攻擊、落地。

「我辦到了！」他得意洋洋地說。

「做得很好！」

「我可以試試看嗎？」金掌朝他們走來。

「妳要藍掌再示範一次嗎？」

金掌搖搖頭。「我想我懂。」她蹲了下來。「可是我應該先想一下自己的攻擊動作，對不對？」

「沒錯。」

藍掌繃緊神經，希望她能第一次就做對。金掌猶豫了一會兒，但還是沒出手。

「快點啊。」捷風催促道。

金掌抬頭看她。「可是妳剛說要先想清楚再出手啊。」

「也不是這麼說，想好了，就可以出手啦。」捷風教導她。「別把時間全浪費在思考上。」

「好吧。」金掌直視前方，往前一跳。

她的轉身和扭腰動作都做得很好，但藍掌看得出來她的後腿力道不如獅掌。

「不賴嘛，」捷風誇道。「妳的時間點抓得很好。」

獅掌推開他妹妹，走上前來。「我可以找藍掌比劃一下嗎？」

捷風點點頭。「好主意。」

藍掌退後幾步，準備迎接獅掌的攻勢。她正對著他，這才發現獅掌的肩膀很寬，體型已經快要像一個孔武有力的戰士了。她做好迎戰準備。獅掌一衝過來，立刻滑到她後方，來個蛇轉身，在她腹下扭腰，想用後腿攻擊她，但她一躍而起，閃開他的攻勢，連毛都沒讓他碰到，但也只是及時閃過，以他的體型和經驗來說，能有這樣的速度，真的夠快了。她氣喘吁吁地落地，慶幸自己躲過他的攻擊。

陽落走過來和他們說話。「你學得很快，獅掌。」接著轉身對金掌說：「我認為妳太過在意自己的動作標不標準。」

金掌的眼睛瞪得圓圓的。「可是我想成為最優秀的格鬥者啊。」

「妳可以利用自己的直覺。」

金掌皺起眉頭。「你的意思是我不應該照你們教的方法來格鬥。」

「話不是這麼說。」陽落試著解釋。「我認為如果妳在學習過程中能活用自己的直覺，反而能成為很棒的格鬥者。」

藍掌懂他的意思。規則有時候是死的。她想起以前學格鬥技巧時，她都會稍作修正，以符合自己的短腿體型。「何不把我當成假想敵，」她提議道，「和我過招一次。」

「好主意。」陽落同意道。「妳想試試看嗎？」他問金掌。

她猶豫了一下，這才點頭答應。

藍掌拉開一條尾巴的距離，然後轉身，發出尖銳吼聲。「把我當成正要攻擊育兒室的影族戰士吧。」

金掌立刻蹲伏下來，目光頓時變得陰沉，嘴裡發出嘶吼。藍掌不免暗自佩服，這位年輕的見習生看起來很不好惹。

金掌毫不猶豫地撲將上來，速度快到藍掌幾乎沒時間閃開或盤算自己該如何防禦。她還沒想到金掌會從哪裡攻擊，後者已經緊緊箝住她的背，用銳利的後爪耙她背脊。藍掌直覺往地上用力一摜，再猛地跳起，甩掉金掌，接著轉身撲向這隻薑黃色的虎斑貓，看準目標，將她翻倒在地，爪子朝耳朵一耙。

金掌驚聲尖叫，倉皇逃走，藍掌心上一驚，聞到血腥味，赫然發現她誤傷到金掌的耳朵。

「真的很對不起！」她不是有意傷害這位年輕的見習生。

可是金掌目光炯炯。「這一招好厲害哦！」她喵聲道。「我們可以再試一次嗎？」

回到營地時，採集葉子的隊伍已經帶回一大綑樹葉，數量多到有如刺蝟的體積這麼大。雀皮正把這種質地光滑的葉子編進長老窩的窩頂。藍掌看見雪掌的白色身影，她正小心地站在斷樹上，接過玫瑰掌遞給她的樹葉。

「金掌！」斑尾驚恐的叫聲從空地另一頭傳來。「妳美麗的耳朵怎麼了？」她衝到她的小貓旁邊，開始舔她耳朵。傷口上的血跡已經凝固，金掌設法閃開她母親的舌頭。

「沒事啦！」她抗議道。

「是誰弄的？」斑尾眼神凌厲地看著捷風，然後是陽落。

藍掌瞪看著地面。「是我。」她小聲說道。

「妳怎麼會傷到她？」斑尾質問道。「你們不是在訓練嗎？又不是在打架。」

陽落走到藍掌旁邊。「我們在做格鬥技巧訓練，」他喵聲道。「難免會有意外啊。」

「但這會留下疤欸。」斑尾吼道。

「那很棒啊，」金掌喵聲道。「我還沒上過戰場，就得到生平第一道傷疤了。」

斑尾閉上眼睛，一臉無奈地仰頭看天。

這時有另一個聲音傳來。「她和藍掌對打，只留下一個傷疤，算走運了。」

藍掌立即轉身，發現原來是暴尾在蕁麻地旁邊看著他們，目光炯炯有神。

「她是天生的戰士，」他繼續說道。「月花一定很以她為榮。」

藍掌驚訝地瞪看她的父親。**那他呢？他也以她為榮嗎？**他一直在旁邊觀察她的訓練嗎？她希望他能再多說一點，但他已經轉頭去梳理自己的腹毛了。

這時溝谷傳來石子掉落的喀嗟聲響，她嚇了一跳。雜沓的腳步聲重踩地面，往空地奔將過來。

「領地被入侵了。」蛇牙衝進營地，毛髮驚悚倒豎。

鶇皮緊跟在後。「河族越過結冰的河面了！」他大喊道。

衝進營地裡的薊掌，眼裡有亢奮的光芒。「他們想占領陽光岩！」

松星立刻從族長窩出來。「你們看見他們了？」他質問道。

「他們成群結隊地站在陽光岩上！」蛇牙嘶聲道。

「暴尾！」松星對灰色戰士喊道。「你帶領一支隊伍，從遠側攻擊。」

「可是這要繞遠路欸。」暴尾爭辯道，「等我們趕到時，這一仗已經輸了。」

「不，不會，」松星嘶吼道。「我們會撐到你們趕到，到時第二波攻勢就能徹底解決他們。」

暴尾點點頭。

「帶花尾、小耳、甜掌、白眼還有褐斑一起去。」

貓兒們聽見松星點名，立刻走上前來。

「出發吧！」

暴尾在松星的一聲命令下，衝出營地，隊友們緊跟在後。

「蛇牙、薊掌、雀皮、雪掌、鶇皮、知更翅、豹足、陽落，還有藍掌！」

藍掌立刻上前。她感覺得到腳在發抖。

「你們跟我一起走。」松星的綠色眼睛發出綠寶石一樣的光。「斑皮、罌曙、玫瑰掌、金掌，你們等在溝谷頂端，以防河族偷襲營地。」他環顧貓兒們，「至於其他貓兒，務必嚴守巫醫窩，這很可能是風族鼓動下的報復行動。」

藍掌頓時驚恐，萬一是其他三族聯手對付雷族，要他們像風族一樣下場淒慘，那該怎麼辦？她急忙甩開這念頭。這想法太可怕了。雷族根本無力招架三個部族。

松星已經往金雀花叢屏障衝去。藍掌伸出爪子，以免在雪地上滑倒。陽落跑在她前面，僅離她一根鬍鬚之距，她緊緊跟住，全力快步向前奔馳。她曾見識過風族的戰役，很清楚知道戰士們打起來會有多凶狠。她爬上溝谷，惶惶不安的感覺頓時吞沒了她。戰友們在她後面爭先恐後地攀爬，他們快步跑向谷頂，不斷踢落腳下的雪塊礫石。

等他們飛奔過林間，從林子裡衝出來時，她的肺已經快要炸開。陽光岩赫然在目，在向晚的灰色天空下傲然聳立，板狀的石塊被後方的夕陽染成火紅。藍掌瞇起眼睛，擋掉刺眼強光，隱約看見陽光岩的岩頂，陽光下，岩頂站著一排河族貓兒的剪影，個個趾高氣昂，不斷甩打尾巴。她努力搜找曲掌，卻只認出橡心的茶色身影。

霰星從河族戰士的隊伍裡走出來，毛髮如夕陽般火紅。「我們糾正了古老的錯誤！」他大吼道。「陽光岩又重回我們手上了！」

「你休想！」松星嘶聲喊道。「雷族，給我上！」

第十三章

雷族蜂擁而上。

陽落對藍掌嘶聲說道。「跟著我，別去挑釁體型比妳大的貓！」

藍掌抬眼瞪看岩頂那些張牙舞爪的河族貓兒，個頭兒全都比她高大！她雙耳充血，這時陽落正直衝陽光岩，發出像狐狸一樣的尖銳吶喊聲。她緊跟在後，貼平耳朵，瞪大雙眼，放聲尖喊，不過這尖叫聲泰半出於恐懼而非憤怒。要是河族全員出動怎麼辦？

拜託暴尾一定要快點趕到！

松星撲向霰星，將他撞倒在地，後者怒聲吼叫。陽落凶狠揮出一拳，將一隻白色公貓打得在岩石上連滾幾圈，接著又撲上去，抬起前腳猛搥對方，貓毛被扯得四處翻飛。一隻河族的雜色母貓從在藍掌旁邊跑過，藍掌靈機一動，趁她經過時，往她後腿一咬。

河族戰士驚聲尖叫，在地上翻滾，雙眼狠狠瞪她，藍掌當場愣住，因為對方的憤怒眼神在陽光下有如烈焰那般凌厲。她一定會攻擊我！藍掌蹲伏下來，做好迎戰準備。那位斑色戰士縱身一躍，藍掌立時前衝，滑進戰士前腳底下，抬肩頂她肚子，母貓的前爪沒有刮到她，反而劃過岩面，且被藍掌的用力一頂，害她失去平衡。藍掌旋身一轉，看見母貓重重跌在地上，勝利感油然而生。

對方怒吼，爬了起來，轉身再次攻擊。藍掌也準備衝上去，朝她肚子再賞一記，但河族貓這次不敢掉以輕心，衝過來時刻意壓低身子，並從下方猛撞藍掌前腳，害她失衡地在岩石上打轉，她想靠爪子攀住岩面，卻抓不住，一個不小心滾落岩邊，掉進下方雪堆。

藍掌好不容易從雪堆裡爬出來，打個噴嚏，呸掉嘴裡和鼻孔裡的雪渣。她喘口氣，準備沿著岩石底部爬上去，她張開嘴巴，貼平耳朵，嗅聞空氣裡的河族戰士氣味。離她一條尾巴之距的結冰河面正汩汩冒著水泡，濁白冰塊底下赫然可見黑色漩渦。岩面陡峭，她發現自己被困在狹隘的岸邊，但仍可聽見上方戰友們禦敵奮戰傳出的怒吼和尖叫聲。

藍掌從雪地上殘留的臭味研判，河族戰士是從這裡蜂擁爬上岩石，於是她循著氣味，找到一條可以攀上岩壁的路。正當她仔細搜找岩面裂縫作為助力爬上去時，身後突然傳來腳步踩踏雪塊的聲音。她警覺轉身，背毛直豎。

曲掌！

她鬆了口氣。

「天啊，好險是你。」她喵聲道。

但他卻眼神陰沉，臉色憤怒

他不記得她了嗎？

「我們現在是敵人。」他嘶聲道。

藍掌當場愣住，他要攻擊我！

他真的撲上來，將她撞倒在地，前腳狠狠搥她，痛得她幾乎無法呼吸，她倉皇掙扎，他卻拿利爪耙她的背。她痛到扭頭往他前腳狠狠一咬，立刻皮開肉綻，深可見骨。

曲掌一聲哀號，將她踢開。

被踢翻的藍掌放聲尖叫，一路往河邊滑。她嚇壞了，她不能掉進冰冷的河裡！她的腳爪在雪地劃過，利爪戳進積雪底下的硬實地面，後腳打滑，連踩幾下才好不容易止住，沒掉進河裡。她拖著身子，往前爬了幾步，突地衝向河岸，撞上曲掌。

曲掌驚聲尖叫，被她撞得搖搖晃晃，失去平衡。

藍掌立刻轉身咬他後腿，再轉身咬他前腿，然後站起來，撲上去，尖牙狠咬他的頸背。她把後腳爪戳進地面，試圖將他往後拖，但他太重了！他猛甩身子，她的頭顱被甩得左右搖晃，她受不了，只好鬆口。他立刻轉身，面對她，眼裡盡是凶光。

「別想我會對妳手下留情！」他呸口道。

藍掌驚恐地撐起後腿，猛揮前掌，但曲掌還是步步逼進，揮掌反擊她，每一掌的力道都比她來得大和狠。她好不容易腳爪一揮，刮到他嘴巴，他卻立刻反擊，打她耳朵，她感覺耳朵像火燒一樣刺痛，鮮血汩汩流出。她要用什麼方法才能打敗他？突然間，一個吼聲從她身後傳來。

雪掌！

藍掌回頭看見妹妹的身影在暗處一閃而逝，感覺到旁邊的她也撐起後腿，與她聯手抗敵，她們不斷揮拳猛擊，直到曲掌反擊動作慢下來，開始後退。

「瞄準他的嘴巴！」雪掌在她耳邊嘶聲說道。

藍掌拱起身子，繼續朝曲掌揮拳，雪掌則彎下身子，狠咬曲掌後腿。他凶狠咒罵，前腳落地，站穩身子，試圖攻擊她們，但雪掌在他身下一扭，伸爪耙他肚子，拖延時間，好讓藍掌有機可趁地跳上他的背。藍掌知道雪掌下一步想做什麼，於是用爪子緊緊抓住曲掌，等他摔跤，不出所料，雪掌翻過身去，腳爪一頂，由下方狠踹曲掌四肢，害他一路滾到河岸。藍掌像芒刺一樣緊黏著他，跟著他一起滾，還用後腿猛搥他，扯他背上的毛。曲掌痛得大叫，奮力擺脫她，衝到結冰的河面，逃之夭夭。

藍掌爬上河岸，氣喘吁吁，雪掌上前招呼，發出得意洋洋的喵嗚聲，白色毛髮沾染鮮血。

「我們給他好看了！」

藍掌拿腳掌擦擦帶血的耳朵，抬頭掃上方岩石一眼。不知道她的戰友們怎麼樣了？

「上！」暴尾的怒吼聲從岩石上方傳來。

第二支隊伍終於到了！爪子的磨擦聲和驚恐的嚎叫聲充斥空氣。藍掌緊貼岩壁，奮力往上爬，雪掌在後面推她上去，卻見一群貓兒從眼前閃過，衝下岩石，嚇她們一跳。原來河族正在撤退，逃往結冰的河面。藍掌屏住呼吸，抓緊岩壁，不停顫抖。最後一批河族戰士停在結冰的河面邊緣，後腿一蹬，撞破冰層。

他們想阻止雷族追上去。

冰層裂成碎片，他們卻縱身一躍，像羽毛一樣輕盈落在更遠的厚冰層上，逃往河族領地，留下一道漩渦狀的黑水鴻溝橫梗在雷族和河族之間。

這時雪掌已經爬上岩頂。「快上來吧！」說完便消失在岩石上方。

藍掌伸出爪子，攀住裂縫，奮力往上爬。她繃緊神經，好不容易將自己撐上去，看見戰友，不覺鬆了口氣。至少岩石上沒有任何屍體。

感謝星族！

她坐在雪掌旁邊，緊挨著妹妹，希望自己別再發抖。

「你有沒有看見霰星見到暴尾帶隊衝過來時的那副表情？」蛇牙得意說道。

褐斑開心地喵嗚。「獺潑被我掐得直討饒呢！」

松星來回巡看戰士，檢查他們的傷勢，低聲鼓勵。

「妳們兩個到哪兒去了？」雀皮快步走過來，他其中一隻耳朵還在流血，毛髮凌亂，有幾撮毛被爪子拉扯過，尤其顯得雜亂。

「我掉下去了。」藍掌解釋道。

「我們聯手合作，趕走曲掌！」雪掌得意地告訴他。

「曲掌？」陽落也走了過來。「他的體型比見習生大很多，妳們做得很好！」他的眼裡閃著驕傲的光芒。

雪掌輕輕推推藍掌瘀青的肩膀。「我們兩個很有默契哦！」她開心說道。藍掌用鼻子摩搓妹妹，感覺到親情的溫暖。

太陽餘暉灑在岩石上，松星從旁邊走過。「妳們在星族的母親一定很以你們為傲。」他喵聲說。

藍掌掃了一眼向晚的天色，灰雲遮蓋了銀毛星群，她多希望月花就在雲的彼端看著她們。

鶇皮快步過來向松星報告。「沒有重大傷亡。」

「那我們就回營吧。」雷族族長彈彈尾巴，向雷族貓兒們示意，率領他們往林子走去。

藍掌快步走在雪掌旁邊。她們聯手打敗河族貓兒！但心裡仍不免傷感。為什麼偏偏是曲掌？她很喜歡這位河族見習生。結果現在他們成了敵人。她很想知道他對她的態度，為何前後反差這麼大？

「我真希望和我們交手的對象不是曲掌。」她嘆口氣道。

雪掌轉頭瞥了一眼。「他就是在大集會上找妳聊天的那個河族貓嗎？」

藍掌點點頭。「我還以為我們是朋友。」

「休戰協定只有在月圓時生效，」雪掌提醒她。「本質上來說，我們永遠是彼此的仇敵。」

「所以我們永遠不能和別族貓兒交朋友！」

雪掌搖搖頭。「鑑於職責所在，我們不能這麼做。」她答道。

斑皮、矍曙、玫瑰掌和金掌在溝谷頂迎接他們。

「有河族入侵的跡象嗎？」松星問道。

斑皮的爪子耙著地面，顯然還在備戰中。「沒有。」

他們進入營地時，獅掌跑過來迎接他們。「哇！」他瞪著藍掌帶血的耳朵。「很痛嗎？」

「一點點。」藍掌撒謊道，其實痛得不得了。

「你們有狠狠教訓他們嗎？」矍曙走到空地，爪子不停地張張合合。

「他們不敢再來了。」松星允諾道。

「有誰重傷嗎？」鵝羽匆匆忙忙地從羊齒植物隧道裡出來，羽鬚叼著一捆藥草跟在後面。

「只有抓傷和咬傷。」陽落回報道。

羽鬚已經打開那綑藥草，鵝羽上前逐一檢視每隻貓兒的傷勢。

「拿蜘蛛絲來！」他看看小耳的腿，然後向羽鬚喊道。

藍掌突然覺得疲累，於是在樹墩旁躺下來。獅掌繞著她走來走去。「我真希望我也有去！」他喵聲道。「我可以使出妳教我的那一招。」

「你就只知道那一招而已。」藍掌揶揄他。

「那又怎樣？」獅掌跳上樹墩，抬高下巴。「其他時候，我可以臨機應變啊。」

藍掌本來想笑出來，卻因看見薊掌用肩膀磨蹭雪掌，還拿尾巴環著她，而笑不出來。

蛇牙這時走過來打斷他們，他繞著他的見習生說：「你表現得很好。」

薊掌咧嘴嘶聲說道：「我恨不得能嚐一口河族的血。」

蛇牙瞇起眼睛。「在你升格為戰士之前，會有機會嚐到的，」他一臉認真地說道。「今天雖然打贏一仗，但河族不會善罷甘休的，過不了多久，我們一定會再打起來的。」

藍掌沮喪地看著他。難道這又是一場徒勞無益的戰爭嗎？難道戰士自古以來都得這樣冤冤相報，無休無止的戰爭與復仇嗎？

第十四章

灌木叢冒出綠色嫩芽，在經歷好幾個月圓之後，森林終於又有了生生不息的氣象和旖旎春暖的氣息。藍掌走在巍峨的松樹下，腳下踩著柔軟的針葉。她深吸一口氣，張嘴淺嚐新葉季的滋味。再過不久，這座森林就會充滿蟲鳴鳥叫和獵物的騷動聲，飢餓的日子終於過去。

「這裡好不好？」甜掌繞著一棵樹轉，她抬頭看看枝椏。「我好像看見鳥巢了。」

陽落和小耳都順著她的目光往上瞧。

「那是廢棄的鳥巢。」陽落嘆口氣。

突然遠處傳來窸窣騷動。

「松鼠！」藍掌暗地溜走，林間追蹤，快活開懷。

那隻松鼠拖著毛茸茸的尾巴在林子裡忽隱忽現。藍掌放輕腳步，希望趕在牠發現她之前逮住牠。因為只要被牠察覺，極有可能躲到樹上，而松樹的樹幹光裸，根本沒有枝椏供她攀扶。她繞過一株剛長出嫩芽的刺藤，發現自己正不知不覺地加快腳步。她趕緊忍住想全速開跑的衝動，深怕自己的腳步聲洩漏行蹤。她已經在流口水，這隻松鼠對族裡仍在挨餓的貓兒來說，絕對是頓大餐。

只剩幾條尾巴之距，便可撲上去了。

她開始控制自己的呼吸吐納，隨時準備展開撲殺行動。

上！

她用力一躍，衝上前去，針葉在腳下飛彈。松鼠跑得很急，一路上都是牠散發出來的恐懼氣味。藍掌緊盯灰色身影，加快步伐，準備撲上去。

那隻松鼠卻突然往上一跳。前方一道木製籬笆森然出現，松鼠倏地越過籬笆頂端，消失不見。來不及了。藍掌趕緊減速，煞住腳步，但還是撞上了籬笆。

去他的鼠大便！

她沮喪不已。

這是哪裡？

她嗅聞空氣，這裡不是雷族領地，感覺比較溫暖，但味道很陌生，帶有轟雷路的一點酸味。她眨眨眼睛，突然明白自己已經越界，正站在兩腳獸地盤的邊緣。以前巡邏邊界時，她也曾來過這附近，但從沒這麼靠近過籬笆。她轉過身，心情低落，她才不敢追到另一頭去呢。族貓是不准越界狩獵的。

「嘿！」

一個聲音從她上方傳來。

藍掌旋身一轉，看見籬笆上方有根低垂的樹枝，一隻肥胖的薑黃色公貓正危顫顫地站在樹枝上。她全身繃緊，豎直背毛，但那隻公貓只是睜大眼睛，氣定神閒地看著她。

「妳不是住在這附近吧？」他的聲音像他毛皮一樣軟趴趴的。他偏頭指指某個方向。「妳是森林裡的貓嗎？」

藍掌想了一下，她應該離開嗎？如果她和寵物貓交談，族裡的貓兒會怎麼想？她開始後退。

「別走！」公貓喊道。「我只是想知道感覺如何。」

「什麼感覺如何？」藍掌重覆道。

「我是說當森林裡的貓啊。」公貓沿著樹枝爬過來，但沒有下來。「誰來餵你們？」

「我們自己餵自己。」

公貓一臉茫然。

「我們會狩獵。」藍掌解釋道。**難道他什麼都不懂嗎？**

「抓老鼠嗎？」

「還有田鼠和松鼠。」

「妳剛沒抓到松鼠，」那隻公貓評論道。「牠跑到籬笆這邊來了。」

「我知道。」藍掌很不高興地彈彈尾巴。這隻貓竟然眼睜睜看牠跑過去，沒去抓牠？**簡直是一無是處的鼠腦袋！**

「聽起來挺麻煩的，」那隻公貓評論道。「要是天氣太冷怎麼辦？你們不會凍死嗎？」

「我們的窩很溫暖。」藍掌心想自己幹嘛浪費唇舌，回答這些蠢問題。

「你們的窩？」公貓瞇起眼睛。「它們像籃子嗎？」

「籃子？」他在說什麼？

「藍掌！」

松星突如其來的叫聲嚇了她一跳。雷族族長來這裡做什麼？

她旋身一轉，剛好看見他昂首闊步地朝她走來。「我……我……」她尷尬到全身發熱，想給個好理由，解釋自己為什麼在這裡出現。她覺得最簡單的方法就是實話實說。「我在追一隻松鼠，」她承認道。「沒注意到已經越了界。」

松星瞪著她。「那妳為什麼要和寵物貓說話？」他白了那隻公貓一眼。松星會攻擊他嗎？

那隻公貓倒是老神在在地看著松星。

他怎麼會笨到不知道逃命啊？

「走吧！」松星厲聲說道。

他為什麼這麼生氣？她又不是故意的。

「是他先找我說話的。」她為自己辯解。

松星突然聽見爪子劃過木頭的聲音，立刻噺聲作響，原來有第二隻寵物貓躍上樹枝，蹲在公貓旁邊。那是一隻灰色母貓，長得比原先那隻公貓還要肥胖。

松星轉身，用肩膀頂開一叢刺藤，擠了進去，接著尾巴用力一甩，示意藍掌跟上。她趕緊跟過去，但又忍不住回頭看了寵物貓一眼。

「我叫傑克！」她離開時，公貓這樣喊道。「下次來我家玩哦。」

我才不要去呢？藍掌全身發抖，她再也不想涉足寵物貓的窩。

她快步跟在松星後面，心想他為什麼到現在還在生氣。「寵物貓很危險嗎？」她問道。

「危險？」他轉身過來。「別鼠腦袋了，要撕爛他們，易如反掌。」

「那為什麼不和他們打呢？」她好奇問道。

「他又沒越過邊界。」松星繼續走，背上毛髮如波浪起伏。

藍掌又回頭看了一眼，一頭霧水。寵物貓曾越過邊界嗎？為什麼他們選擇待在兩腳獸的地盤，而不願在林子裡自由自在地生活？她想問松星，但他只顧著往前走，表情憤怒。

「不准再去那裡。」松星咆哮道。「妳是族貓，不是寵物貓。」

等到他們越過邊界，回到雷族領地時，這才看見陽落在林子裡若隱若現的橘色身影。

「原來妳在這裡！」副族長匆匆走過來迎接他們，看起來鬆了口氣。小耳和甜掌也跟了上來，他們嘴裡都叼著雛鳥。「我們還以為妳在兩腳獸的地盤那裡迷路了。」

藍掌甩甩尾巴。「我沒進去牠們的地盤！我只是在追松鼠！」他以為她像那些寵物貓一樣是鼠腦袋嗎？

藍掌很清楚族裡貓兒對狩獵隊的殷切期待。至少小耳和甜掌都各自抓到一隻小雛鳥，陽落在溝谷頂抓到一隻瘦巴巴的老鼠，只有她一無所獲。她不免覺得愧疚。

「妳明天一大早得再出去一次。」陽落告訴她。

她看著自己的腳，一臉愧色。「我差點就抓到那隻松鼠了。」

「差點這兩字並不能餵飽族裡的貓。」陽落提醒她。

她讓他失望了。她只希望松星不會告訴他，她剛剛在和寵物貓聊天，根本沒有狩獵。她瞄了一眼雷族族長，看見他走回窩裡，尾巴隱沒在地衣簾幕後方。回來的路上，他幾乎沒說什麼。

斑尾看著那少得可憐的獵物堆。「還好這時候沒有小貓嗷嗷待哺。」她焦急地掃視還在空地上練習戰技的獅掌和金掌，他們看起來都很瘦。「可是我們的見習生也得吃飽才能長大啊。」

「我明天一定會抓獵物回來。」藍掌允諾道。即便新葉季的腳步近了，但還得再等一次月圓的時間，獵物才會全出來活動，貓兒們才有可能被餵飽。族裡只有豹足比較胖，她的肚子日益隆起，其他貓兒卻漸形消瘦。藍掌看見那隻斑點戰士正坐在蕁麻地旁邊的微弱陽光底下打瞌睡。她狩獵時偷吃過東西嗎？不然為什大家都餓得瘦巴巴的，只有她還那麼胖？

金雀花屏障一陣窸窣作響，薊掌跟著蛇牙走了進來。毛髮賁張的見習生看起來像平常一樣洋洋得意。藍掌的臉色不悅。見習生的嘴裡叼著一隻地鼠，走到獵物堆那裡，丟下牠，炫耀地搖搖尾巴。

有什麼了不起！藍掌真想告訴他，一隻小地鼠根本餵不飽全族的貓兒，只夠大家舔一舔，解解饞。

這時雪掌從見習生窩裡低頭鑽出來，八成是聽見薊掌的聲響。但令藍掌意外的是，雪掌竟然沒理他，反而朝她走來，「妳今天抓到了什麼嗎？」

藍掌搖搖頭。「陽落說，我明天一大早得再出去狩獵。」

「我跟妳一起去。」

藍掌眨眨眼睛。雪掌已經有一個月圓的時間沒和她一起出外狩獵。「妳不必陪我去。」她喵聲道。她不需要她的憐憫。

「我想去，」雪掌答道。「我們很久沒一起出去了。」

藍掌有點懷疑。「妳和薊掌吵架了？」

「沒有啊，」雪掌坐了下來，豎直耳朵，好像很驚訝她這麼問。「我可以和你們兩個都很要好啊。」

藍掌聳聳肩，不太相信她的話。只要雪掌別寄望她跟薊掌交好，一切好談。

⚡⚡⚡

樹間枝椏的嘩啦聲響驚醒了藍掌。寒冷的曙光滲進窩裡，羊齒植物在風中窸窣抖動。她很想把鼻子塞回腳下繼續睡覺，但不行，她答應過陽落，於是渾身發顫地用鼻子頂頂旁邊的雪掌。「妳要跟我去狩獵嗎？」她低語問道。

獅掌、金掌和其他貓兒都還在睡覺，窩裡充斥輕微的鼾聲。

雪掌抬起頭，眨眨眼睛，努力睜開沉重的眼皮。「當然要去。」她打個呵欠，伸個懶腰，弓起背，直到四肢撐不住重量地開始發抖。

藍掌快速地舔舔胸前和腳爪上的毛，想讓自己更清醒一點，然後躡手躡腳地出了窩。外頭迎面而來的冷風刮吹她的毛髮，感覺微微刺痛，風聲呼嘯作響，掃過頭上樹枝。她繃緊全身肌肉，抵禦寒氣，在心中向星族默默祈禱，**這次千萬要讓我們抓到獵物。**

空地空蕩蕩的。鶇皮正瑟縮地站在金雀花叢隧道外面擔任守衛，他抖鬆身上的毛髮，貼平耳朵，抵禦寒氣。「妳起得很早。」他全身發抖地說道。

「我們要去狩獵。」藍掌喵聲道。

「願星族賜妳好運！」她們往溝谷走去時，鶇皮朝她們這樣喊道。

她們頂著強風，爬上岩壁，到了谷頂，風勢強到就像轟雷路一樣可以撼動樹根。

「走哪一條路？」藍掌問道。

「妳說什麼？」雪掌抬高音量，怕被風聲蓋住。

「我們到哪裡狩獵？」藍掌大聲喊道。

「我們去影族邊界附近那片最濃密的森林裡試試看。」雪掌提議道。

她跳進林子裡，藍掌跟了上去。她們在林間奔跑，四周粗壯的樹幹被強風吹得咯吱作響，腳下林地感覺又濕又冷。她們一直跑到林相開始濃密才慢下腳步。藍掌仔細搜看枝葉，希望有小鳥的蹤跡，雪掌則掃視地上枯葉堆裡有無小動物穿梭的痕跡。突然間，藍掌聞到某種味道。

「兔子！」她低聲道。

「什麼？」雪掌瞪大眼睛。畢竟林子裡很少見到兔子，牠們都住在高地上。

藍掌舔聞空氣，益發興奮，那絕對是兔子。如果能抓到一隻兔子，就足夠餵飽族裡半數的貓兒。她倏地轉頭，搜看矮樹叢。

在那裡！

一截白色尾巴在刺藤叢下方來回擺動。

她伸長尾巴，壓住雪掌，要她蹲下來，然後開始在潮濕的林地上匍匐前進。兔子卻突然從灌木叢裡跳出來，竄進羊齒植物叢的小徑裡。藍掌和雪掌趕緊跟上，兔子愈跑愈快，她們也跟著加快腳步。莫非牠聞到她們的氣味？牠一定是察覺了什麼，因為牠開始往前衝，在林間竄逃。

藍掌急奔上去，她不想失去這隻獵物。

兔子鑽進灌木叢裡，穿梭在蕨葉叢裡，藍掌跟著牠轉，不敢鬆懈，目光緊鎖那截白色短尾。她會抓到牠的，她幾乎可以嚐到牠的味道。前方林地斜傾成坡，她決定趕在牠爬上坡頂之前逮住牠。

突然那隻兔子跳進一個洞裡。

藍掌緊急煞住腳步。「去他的老鼠屎！」

「我們得追進去。」雪掌趕到時，她這樣告訴雪掌。

「追進去？」雪掌氣喘吁吁地瞪看土堤上的幽暗洞穴。

她們曾被告誡過，追捕獵物時，絕對不能追進洞裡，因為只有星族才知道洞裡有什麼可怕的東西伺機等候，而且有些洞深到很容易迷路，再也出不來。

藍掌聞聞洞穴。「裡面的空氣聞起來蠻流通的，」她大聲說道。「所以附近應該有另一個出口。也許牠只是從那裡鑽出去，跑到別地方。」

雪掌瞪大眼睛，不太相信。

「我們一定得逮住牠！」藍掌很堅持。「我們已經有好幾個月圓沒抓過這麼大的獵物了。」

她沒等雪掌答應，一溜煙地鑽進洞裡。

第十五章

藍掌爬進幽暗的洞裡，腹部緊貼冰冷的穴地。她聽見前方兔子扒抓的聲音。但在伸手不見五指的黑洞裡，她只能跟著嗅覺走，靠鬍鬚的觸感去感覺地道的寬度。兔子的味道強烈到令她口水直流。這氣味誘引她不斷前進，即便穴道坡度往下陡降，直入窒悶的幽冥地底。

我一定要抓到那隻兔子。昨天沒抓到松鼠，到現在都還令她耿耿於懷。所以儘管恐懼上身，她還是繼續前進。

「我們應該回頭了，」雪掌在她身後低語。「免得等一下迷路了。」

「不會迷路的，」藍掌嘶聲道。「這裡只有一條路。」

她繼續前進，這時地道已經變回上坡路，而且聞得到混雜林子、兔子和泥土的多重味道。她不由得鬆口氣。她甚至能嚐到岩石和地衣的味道，還有松木特有的酸味。一定是很接近蛇岩了。

前方有陽光探進。她加快腳步。只要兔子出了洞外，就有可能往任何方向竄逃，風又這麼大，到時一定很難追蹤到牠的氣味。藍掌衝出洞外，停下來嗅聞空氣，這時雪掌也從後面衝出來。

「妳看得到牠嗎？」藍掌低聲問道，專心感覺舌尖在空氣裡舔到的味道。她的毛皮微微刺痛。聞到兔子味。

但也同時聞到血腥味。

「星族救救我們！」後方的雪掌發出驚恐的喘氣聲。

藍掌這才看見前方空地對面有隻狐狸。骨瘦如柴的牠挺直肩膀，嘴裡叼著已經氣絕的兔子。

一陣強風突然刮來，林木搖晃，閃電劃亮天際，瞬間照亮蛇岩裡的狐狸，在岩壁上投下幽暗陰影。雷聲隆隆。狐狸咆哮一聲，丟掉嘴裡的兔子，飢餓的目光移向她們。

「快跑！」雪掌的尖叫聲嚇得藍掌立刻衝上土坡，雪掌的白色身影跟在她後面，離她一條尾巴之距。

藍掌當然不會讓那隻狐狸把她們趕進地洞裡，畢竟那是牠的地盤。

她們往前奔竄，穿過林子，鑽進刺藤叢，在蕨叢之間穿梭遁逃。

「牠還在追我們！」雪掌驚恐嗚咽。

藍掌聽見後方的狐狸發出如雷吼聲，四隻腳用力踏擊地面，砰然作響。她不敢回頭看。但她聽得見牠在枯葉堆上連跑帶滑，只離她幾條尾巴之距，就是不肯放過。閃電又現，森林瞬間熾亮，隆隆雷聲隨後而至。藍掌突然覺察腳跟有熱氣呼來，嚇得她驚聲尖叫，跑得更快。狐狸的臭味襲了上來，她甚至聽見牠張嘴差點咬到她尾巴的喀嚓聲響。

跑在她前面的雪掌已經衝下溝谷。

牠應該不會追下來！

藍掌也往下衝，小石子跟著滾落，快到家了，她的心稍微寬了一下。但這時身後響起砰然巨響，她回頭瞄了一眼。

那隻狐狸竟然跟著她們跳下來！也沿著小徑飛奔過來，離她只剩一條尾巴之距。

「星族快救救我們！」藍掌哀號，暗自祈禱族裡貓兒聽得見她的呼叫，趕快出來救她們。她滑下大圓石，在雪掌後面跌跌撞撞的，雪掌閃開，讓路給她，在岩石之間全力衝刺最後一程。

「快點！」她尖聲喊道。

但藍掌一直在她後面連滾帶爬。

快到了。

營地入口已經在望。只要進入金雀花隧道就安全了。

但藍掌突然驚恐發現一件事實。

萬一牠也跟著我們鑽進去，怎麼辦？

獅掌和金掌一定還在空地上玩耍，狐狸可以輕而易舉地抓到他們。

是她引牠來的，她有責任阻止慘劇發生。

雪掌衝進金雀花叢隧道，尖聲警告。藍掌卻煞住腳步，突地轉身。

狐狸立刻撲向她，她撐起後腿，準備賞牠下顎一記拳頭。她不是逞英雄，也不是愛冒險，她只知道不能讓狐狸進入營地。

天際突然白光一現，離頭頂不到幾條尾巴之距的上空發出巨大的爆裂聲響。藍掌抬頭一看。

閃電！

一根被閃電劈斷的樹枝瞬間飛落，剛好掉在她和狐狸中間的林地上，竄出火舌，狐狸差點被擊中，嚇得驚聲嗥叫，轉身就跑，逃上溝谷。

藍掌的心砰砰跳得厲害，她瞪著那根直接掉在她眼前的樹枝，熱氣灼焦了她的鬍鬚，燙到她的口鼻。她愣在原地，瞪大眼睛，直到有貓兒咬住她頸背，將她往後拉開。

「妳想死啊！」陽落呸掉嘴裡的毛，破口大罵，把失神的她喚回來。

「金雀花屏障會著火的！」斑尾倉皇的叫聲自後方響起，族裡的貓兒都從營地裡逃出來，瞪大驚恐的眼睛。樹枝上的烈焰熊熊，連藍掌都感覺到毛皮微微刺痛。要是金雀花叢著火，火舌一定會吞噬營地，燒毀家園。

「星族快救救我們！」小耳絕望的哭嚎聲劃破烈焰裡的空氣。

求求祢們！藍掌也在心中祈禱。

暴雨突然滂沱而下，穿過樹頂華蓋，凌厲打在灌木叢上，重搥地面。那根著火的樹枝瞬間被雨水澆熄，發出細碎的爆裂聲，貓兒們目瞪口呆，最後嘶嘶作響，僅剩燒焦的木材。

「哇嗚！」興奮的獅掌驚嘆一聲，劃破沉默的空氣。

「你來這裡做什麼？」斑尾趕他回去。

「我想看它燒啊！」他抱怨道。

「妳沒事吧？有沒有受傷？」

藍掌回過神來，這才知道陽落是在跟她說話。她目光呆滯地從那根樹枝慢慢移到導師身上，深吸一口氣，劇烈的心跳才漸漸平穩，但旋即被煙味給嗆燻得咳嗽不止。

「走吧，」陽落喵聲道。「我們去找鵝羽。」

「我在這裡。」巫醫站在隧道入口，瞪大眼睛，背毛倒豎。他似乎對熄滅後的裊裊煙霧非常著迷，以致於聲音聽起來十分遙遠。「我帶她去巫醫窩。」他不發一語地護送她到巫醫窩裡的草地上。「妳在這裡等著。」他低聲道，隨即消失在岩縫裡。

等到藍掌恢復了鎮定，這才感覺到鬍鬚和口鼻正微微刺痛。她看見鵝羽叼著浸過油膏的葉子走過來，直覺往後退了幾步。「會痛嗎？」她問道。

「這可以止痛。」他輕聲哄她。

於是她坐定不動，讓他把油膏塗在她的口鼻處。他的目光似乎正在搜索她的眼睛，但她不懂他想從裡頭看出什麼。

「會留下疤痕嗎？」她緊張問道。

鵝羽搖搖頭。「只是鼻子上的毛被燒掉了，」他向她保證道。「一個月圓後，就會長出來。」

但為什麼他的表情好像在擔心什麼。

也許是我太多心了。

突然間，鵝羽挨身過來。「妳就像火一樣，會照亮整座森林。」他嘶聲道。

「什麼？」藍掌身子一縮，他瘋了嗎？

「那根著火的樹枝就是星族給的預言。」他的眼睛閃閃發亮。「藍掌，妳是一團火，妳會照亮整座森林。」

藍掌緊張地後退幾步，他在說什麼？

「但也要小心！」

她身子一僵。

「就算是最猛烈的火焰，也會被水熄滅。」

「你這話什麼意思？」

「我只是告訴妳那根樹枝燃燒的背後意義是什麼。」他咆哮道。

別傻了！這隻貓因為看見田鼠的毛髮就信誓旦旦地要求雷族必須攻擊風族，結果呢？

雪掌跳了進來。「妳沒事吧？」她先聞聞藍掌的口鼻，然後皺起鼻子。「他給妳抹了什麼？」

「紫草和蜂蜜。」鵝羽的聲音恢復了正常。「它可以止痛和預防感染。」

「妳好勇敢喔，」雪掌繞著藍掌轉，尾巴興奮地拍來打去。「妳竟然沒跟我跑進營裡！我還以為狐狸逮到妳了。可是等我回去找妳的時候，竟發現妳在和牠對打！然後那根樹枝就掉下來了，妳卻不動如山，簡直像是真正的戰士！」

「噓！」鵝羽要她安靜點。「草鬚在那邊的臥鋪裡，」他朝蕨叢裡的一個洞點頭示意道。「他肚子痛的毛病才剛好，我不希望你們打擾到他。」

雪掌垂下頭。「對不起。」

「妳們兩個都出去吧。」鵝羽厲聲說道，彷彿剛剛沒跟她提過什麼預言。藍掌不禁納悶這一切是不是自己的幻想，還是他只是跟她開玩笑。她轉身跟雪掌走出窩外。但正當她從羊齒植物隧道走出來時，一個聲音在她耳邊響起。「藍掌，妳是火，水是你的剋星！」

她立刻轉身，以為鵝羽跟在她後面，但那斑色的灰色身影卻出現空地的另一端，正忙著照顧草鬚。藍掌剎時毛骨悚然，趕緊追上雪掌。

暴尾正在空地上等她們。她遠遠迎視他的目光，發現他眼神炯炯發亮。「妳竟然敢單挑一隻狐狸！」他的聲音聽起來很開心，但接下來卻臉色一沉。「不過妳畢竟還不是戰士，所以不准再做這種事了。」

藍掌還來不及回答，獅掌就跑了過來，金掌緊跟在後。

「真希望我當時也在外面，這樣就能打敗那隻狐狸。」他抖開全身的毛，發出嗥聲。

雪掌的鬍鬚饒富興味地動了動，但藍掌的心思仍被鵝羽的奇怪預言所縈繞。他說的是真的嗎？

妳是火？妳會照亮整座森林？

這表示有一天她會領導雷族嗎？而水又會如何毀滅她？她又不是河族的貓，除了躍過小溪，根本不可能靠近水邊。

暴尾的喵聲打斷她的思緒。「蛇牙要帶一支巡邏隊去確認狐狸是不是真的走了，你們待在營裡，等他們確認安全之後再出去。」

藍掌點點頭，暴尾於是轉身離開。

「妳沒事吧？」雪掌的喵聲打斷了她的思緒。「鵝羽有給妳什麼東西壓壓驚嗎？」

藍掌搖搖頭。

「妳在心煩什麼？」

藍掌掃視營地，尋找可以談話的僻靜角落。也許雪掌能幫她解答鵝羽那番話。

「跟我來。」她帶著雪掌走到育兒室的後面。

「怎麼啦？」雪掌坐下來。「什麼事這麼神祕兮兮的？」

「我有事想問妳。」藍掌懷疑如果連她自己都不確定這預言的真假，又該怎麼告訴雪掌呢？

雪掌挨身過去，壓低聲音。「到地什麼事？」

「妳……」藍掌在找適當的用語。「妳認為……」這也不是不可能！「妳覺得……我很與眾不同嗎？」

雪掌忍不住笑出來。「當然囉，妳是全世界最棒的姊姊！」

藍掌搖搖頭，有點洩氣。「我不是這意思。」

「那妳的意思是什麼？妳到底怎麼了？鵝羽檢查傷口時，是不是又發現了什麼其他問題？」

藍掌用爪子戳著地面。看來她得直話直說了。「鵝羽說那根燃燒的樹枝是個預兆。」

「預兆？」雪掌的眼睛瞪得像貓頭鷹一樣大。「星族的？」

藍掌點點頭。

「什麼預兆？他告訴妳了嗎？松星知道嗎？」雪掌像連珠砲一樣問道。

「他說我會像火一樣照亮整座森林。」

「他像野兔一樣腦袋不正常。」

「萬一他是對的呢？妳認為這意思會不會是……我其實很與眾不同？」

「我真的不懂那什麼意思欸！」雪掌不想再談下去，表情看起來有點害怕。「妳又是不知道預言這種東西。月花就是被他愚蠢的預言害死的。妳不會真的相信他吧？」

「他也說水會毀了我。」

雪掌耳朵垂了下去。「他怎麼可以這樣嚇妳！太過分了！」她肩上的毛豎了起來。「別理他，他的預言根本不準。妳不會被水毀滅的，妳又不是河族的貓，怎麼可能沾到水？別相信那些鬼話。」

藍掌驚愕地瞪著妹妹。難道她一點也不特別嗎？為什麼她就不相信或許她真的會當上雷族領袖？雪掌剛剛急著想知道預言是什麼，結果一發現和藍掌有關，就變得不感興趣了。「所以妳不相信囉？」

雪掌偏著頭。「鵝羽是個白痴，」她喵聲道。「別理他，別瞎操心這種事。」

瞎操心？為什麼她就是不懂呢？要是預言是真的，或許會改變我這一生。

可是雪掌繼續說她的。「我也有件事要告訴妳。」

藍掌眨眨眼睛。「好啊。」

「是有關薊掌的。」

薊掌？

「我希望妳能試著喜歡他。」

「為什麼？他已經夠自戀了，不勞我們倆多費心吧。」藍掌繃緊神經。「事實上，妳也已經夠喜歡他了，幹嘛還要我再橫插一腳。」

「不是那樣啦。」

但藍掌已經準備轉身。「我才不會因為妳喜歡他，就勉強自己也要喜歡那個黃鼠狼一樣的傲慢傢伙。」她喵聲道。

「藍掌！」雪掌在她後面喊道，但藍掌置之不理。為什麼她們不能像陽光岩的那場戰役一樣並肩作戰，互相照應呢？為什麼雪掌就不能試著瞭解她對鵝羽預言的想法？藍掌憤慨地走回空地。她本來想問她那個預言代表什麼意義，才不是要跟她討論薊掌的事呢。

我將來真的會成為雷族族長嗎？

第十六章

「藍掌，從此刻起，妳將更名為藍毛，星族以妳的膽識和實力為榮，歡迎妳成為雷族正式戰士的一員，為妳的部族盡職效忠。」

松星以口鼻輕觸藍毛的額頭，貓兒們開始歡呼，她強忍住興奮的心情，不敢躁動。

「藍毛！雪毛！藍毛！雪毛！」

雪毛緊挨著她。「我們現在是戰士了。」她開心地低聲說道。

快樂像流星一樣在藍毛心中燃燒，她環顧族裡那些熟悉的臉，以身為一分子為榮，他們眼裡的熱情與喜悅令她感到溫暖。暴尾在花尾旁邊站了起來，抬頭朝逐漸暗沉的天色宏亮高呼他兩個女兒的名字。

他在告訴月花！這念頭令藍毛像被沾了蜜的針扎了一下，儘管寬慰，但仍不免心痛。要是月花也在這裡見證這一刻，該有多好。

可是她已經回到天上，和星族在一起。

新葉季的傍晚很溫暖，營地裡盡是鳥啼

聲，彷彿鳥兒們正藉詠唱感謝這溫暖的天氣以及森林裡的新氣象。新鮮的獵物和萬物生長的氣息正隨風四處飄散。

「依據先祖留下來的傳統，雪毛和藍毛將守夜到天明，在我們入睡時，為我們守衛家園。」松星大聲宣布。

藍毛垂頭致意。族裡的貓兒逐漸散去，各自回到窩裡，她注意到草鬚正在發胖。自從獵物堆又開始不虞匱乏之後，他和豹足總是搶先到那裡報到。

豹足最近搬進育兒室待產，準備生下松星的小貓。原來當初她不是因為吃多了才發胖。白眼跟著她一起搬進育兒室，幫忙驅走刺藤縫滲進的寒意，畢竟那裡已經空了許久。族裡貓兒們都很開心再過一個月圓，就有小貓誕生了。

「每次去如廁時，路上不被一兩隻小貓絆到，就覺得有點怪。」雀歌先前曾這樣發表高論。

就連糊足也期待小貓的誕生。「已經很久沒有小貓來抓我的尾巴了。」他用粗嘎的聲音感傷說道。

夜色降臨，空地空蕩蕩的，只剩藍毛和雪毛留守。她們靜靜坐著。雪毛掃視營地，隨時保持警覺，顯然很重視保衛族貓的誓言。藍毛則抬頭仰望銀毛星群，心想這無以數計的星子，究竟哪一顆屬於月花。

等到天將魚肚白時，她已經睏到快睜不開眼睛，身子也因坐太久而僵硬。這時候松星窩前的地衣簾幕一陣窸窣作響，雷族族長緩步走來。他掃了一眼微弱曙光下的粉色天空。

道。

「去睡吧。」他經過藍毛和雪毛時，這樣輕聲說道。

藍毛鬆了口氣，就地伸個懶腰。

雪毛打個呵欠。「他這麼早要去哪裡啊？」她看見松星溜出營地入口的隧道，不禁好奇問道。

「現在是新葉季，」藍毛答道。「獵物都跑出來了，我想連族長都忍不住想趁黎明時候小展身手吧。」

說完便出於習慣地往見習生窩走去，尾巴突然被誰的牙齒輕輕咬住。

「嘿，妳這個鼠腦袋！」雪毛喵嗚一聲。她偏頭指向戰士窩。

對喔！可是那裡會有她們的臥鋪嗎？藍毛突然有點緊張，跟著雪毛穿過入口的低矮樹枝，進到窩裡。她眨眨眼睛，適應裡頭昏暗的光線。這裡的頂篷很矮，使得空間看起來很小，但其實比見習生窩來得大。這裡的臥鋪是繞著窩中央的樹幹呈螺旋狀往外排放。陽落、暴尾和蛇牙蜷臥在中間幾個有青苔墊底的凹洞裡，斑皮和鶇皮則睡在比較外緣的地方。

藍毛心想新戰士的窩應該在最外面吧。但究竟在哪裡呢？「妳有看到空的臥鋪嗎？」她在雪毛耳邊低聲問道。

「在這裡！」斑皮抬起頭來，從窩那頭嘶聲喚她們。

藍毛小心翼翼地繞過睡夢中的戰士，深怕自己踩到他們的尾巴或腳爪，抑或碰到蕨葉，吵醒他們。

「妳們可以睡豹足和白眼的窩。」斑皮朝他身邊兩張空臥鋪示道。

臥鋪裡的蕨葉就像轟雷路上被壓扁的兔子一樣扁平。藍掌低頭嗅聞，發現青苔聞起來既潮濕又陳腐，但她不介意。因為她又冷又累，有地方睡就很滿足了。「雪毛，祝妳有個好夢。」她喜孜孜地用戰士名叫妹妹。現在她們已經離開見習生窩，薊掌還留在那裡，相信她們一定又可以變得很要好，一起狩獵、一起巡邏邊界、檢查氣味記號和有無入侵者，比任何貓兒都來得親密。

雪毛用口鼻碰碰她的鼻子。「也祝妳有個好夢，藍毛。」

藍毛開心在豹足臥鋪上轉了幾圈，躺下來，喵嗚一聲，很快進入夢鄉。

⚡⚡⚡

等到藍毛醒來時，其他戰士都走了。雪毛還在睡，蕨葉上有根正在冒芽的青草在她的鼻息吹拂下，不斷晃動。

藍毛用腳推推她。「起床了！」

雪毛坐了起來，睡眼惺忪。「什麼事？」

明亮的陽光自頂篷的暗色針葉縫滲了進來。

「應該快日正當中了。」藍毛說道。

「我們是不是應該去巡邏？」雪毛納悶問道。

藍毛聳聳肩。「他們又沒說。」

雪毛開始舔她的胸毛。「我第一天當戰士，一定要讓自己看起來很有樣子。」

「我也是。」

藍毛一直舔到舌頭都發痛了才停止。她得意洋洋地坐起來，知道身上的毛已經又滑又亮，尾毛蓬鬆。她看見雪毛肩膀上沾了一點青苔。「妳漏了一個地方，」便伸頭過去，用牙齒輕咬下來，然後呸掉。「現在完美了。」

雪毛的毛髮看起來就像小鹿的肚子一樣雪白柔軟。

藍毛率先走出戰士窩。陽光下的空地十分明亮。營地上方，天空蔚藍，溫暖的和風將林木枝葉吹得沙沙作響。

「早該起床了！」陽落尖銳的聲音從空地另一頭傳來，他站在蕁麻地旁邊，皺眉看她們。

藍毛愕然望了雪毛一眼。「妳確定沒有貓兒叫我們起來巡邏嗎？」她低聲問道。

她們朝陽落走去，後者拍著尾巴，等她們過來。「我不介意妳們誤了黎明巡邏隊，」他喵聲道。「但連狩獵隊也等不到妳們就出發了，這表示他們會短缺幫手，所以太陽下山時，獵物堆裡的食物數量恐怕會不夠多。」

「可是他們沒叫我們啊。」藍毛喊道。為什麼他還是把她當見習生一樣教訓？她氣得背上毛髮都豎了起來。

「妳們現在是戰士了，」陽落告訴她。「該出任務時，就應該自己起床。」

藍毛瞪著自己的腳，羞愧到不敢看雪毛一眼。「對不起。」

「不過有件事，妳們可以幫忙。」

藍毛聽見陽落的聲音不再嚴厲，這才寬下心來。她抬頭看他。「什麼事？」

「羽鬚要到兩腳獸的地盤採集貓薄荷。」

採集藥草！藍毛的心一涼，失望的心情一如她頭一天當見習生的遭遇一樣。

「他需要有戰士護送。」陽落繼續說道。

藍毛豎直耳朵。這還差不多。

「最近邊界多了許多寵物貓的味道，」雷族副族長解釋道。「我不希望他獨自前往。」所以……寵物貓很危險！藍掌終於明白為什麼松星發現她在兩腳獸籬笆附近逗留，會那麼生氣。傑克看起來連老鼠都打不贏，不過也可能是種偽裝，以便出其不備地逮住她。

羽鬚從羊齒植物隧道裡快步出來，兩眼炯炯發亮。「她們是我的護衛隊嗎？」他上下打量藍毛和雪毛，然後和陽落點頭招呼。

雪毛伸爪耙著地面。「沒錯，」她喵聲道。「我們會確保你路上的安全。」

巫醫見習生的鬍鬚抽動了一下。「謝謝妳們。」

「要出發了嗎？」藍毛加入他們的談話。

羽鬚看了一眼天色。「露水應該都蒸發了吧。」

「蒸發了比較好嗎？」藍毛好奇問道。

「這表示等我們採集貓薄荷的時候，枝葉已經乾夠了，這樣一來，儲存起來比較不會腐敗。」羽鬚朝營地入口走去。

一進入林子，藍毛立刻走在羽鬚旁邊，雪毛則快步走在他的另一側。她掃視林子，豎直耳朵，保持警戒，認真做好保鑣的工作。

「安全嗎？」羽鬚問道。

他的聲音裡是不是帶了一點揶揄的味道？

「我這邊目前沒有狀況。」雪毛回報道。

「真是令我鬆了口氣啊！」巫醫見習生喵聲說。

往邊界的路上，充斥著林子裡的各種味道。藍毛雖然很想追蹤獵物，但還是忍住那股衝動，因為有更重要的使命得完成。藍毛早就下定決心，不被任何事物分散她的注意力。經過沙坑時，她瞄到矮樹叢外有毛茸茸的身影若隱若現，那是甜掌和玫瑰掌在練習戰技。這時她不免好奇當羽鬚被告知這輩子都得待在巫醫窩裡見習，不必去沙坑時，當下會有什麼感受。

「真可惜你沒當戰士。」她對羽鬚說道。

羽鬚眨眨眼。「我也不想當啊。」

「為什麼不想？」雪毛瞪著巫醫見習生，活像他剛說自己長出了翅膀。

「我情願靠治療來幫助我的族貓，而不是靠打仗。」

「你難道不希望有時候出去狩獵嗎？」藍毛好奇問道。

「誰說我不會狩獵？」羽鬚突然衝到一株樹根盤根錯結的樺樹底下，前爪往落葉堆裡一探，嘴巴伸了進去，扭頭過來，一隻老鼠赫然叼在嘴上。

雪毛跑了過去。「太不可思議了！」

「你是怎麼學會狩獵的？」藍毛倒抽一口氣。

羽鬚放下老鼠，伸爪在鬆軟的地表上挖掘淺洞。「我又不是每分每秒都在收集藥草！」他把老鼠放進洞裡埋好。「晚點兒再回來拿。」說完便快步離開，繼續往邊界前去。

他們穿過高松林，兩腳獸地盤的味道開始充斥林間，等他們抵達雷族的氣味標記時，寵物貓的氣味更強烈了。陽落說得沒錯，藍毛停下來嗅聞空氣，懷疑自己能否在這麼多寵物貓裡頭單獨聞出傑克的氣味。她皺皺鼻子。寵物貓簡直比河族還臭，而且數量多到她都分不清誰是誰。

雪毛和羽鬚留下她，逕自沿邊界走去，她趕緊追上。「貓薄荷在哪裡？」她喊道。

「在一座廢棄的兩腳獸巢穴外面。」羽鬚的喵聲洩露出他的緊張。

藍毛也跟著神經緊繃。「會很危險嗎？」

「通常不會。」

「你聽起來很擔心的樣子。」

「等到找到沒被禿葉季摧殘的貓薄荷，我就會放心了。」羽鬚解釋道。「森林裡都找不到了。」

「要是都死了呢？」雪毛問道。

「那我只好去找棘莓要囉，」羽鬚告訴她們。「綠咳症只能靠這種藥草來醫治。」

藍毛一聽，毛髮立刻豎得筆直。儘管綠咳症可能致命，但向河族巫醫要東西，感覺就是很丟臉。萬一河族把貓薄荷當成陽光岩的談判籌碼，那怎麼辦？

一隻黑鳥在他們頭頂上尖聲啼叫。是他們驚擾到牠嗎？她趕緊要羽鬚和雪毛躲進前方茂密的羊齒植物叢裡，自己則掃視附近動靜。

氣味記號那邊好像有什麼東西正在鬼祟移動。

藍毛突然一愣。

是寵物貓嗎？

她隔著矮樹叢瞇眼探看，驚訝發現竟然是松星。他跑到這裡來幹嘛？她壓低身子，好奇地偷看。只見雷族族長往兩腳獸的籬笆走去，神情似乎很輕鬆。他一定是自信可以打敗任何一隻敢擋他路的寵物貓。

他跳上籬笆，身手矯健，兩眼直望著兩腳獸的巢穴。他在挑釁嗎？也許是在嚇阻附近的寵物貓，要他們離雷族領地遠一點。她應該上前幫忙嗎？

不行！

藍毛沒忘記當初松星在那裡發現她時，有多麼生氣。她不想讓他覺得她老愛往兩腳獸的地盤跑。再說，她的責任是保護羽鬚安全。於是她躡手躡腳地離開，追上隊友，沒讓松星發現。

「原來妳在這裡，」雪毛出聲喚她。他們正蹲在一座石牆底下，牆頭有個缺口。

「貓薄荷就在裡面。」羽鬚伸長前腳，攀上牆面。

雪毛瞪大眼睛。「萬一寵物貓來了怎麼辦？」

「把他們嚇走啊！」羽鬚跳了上去。「應該不難吧？」他在牆頭上面喊道。「他們以為我們喜歡啃骨頭，而且發怒時，身體會漲得像獾一樣大。」說完，就翻過牆，消失在另一頭。

「快點！」雪毛跟著他跳上去。等藍毛也爬上去時，羽鬚已經沿著封閉的空地邊緣走到另一頭去了。

「我們留在上面警戒。」藍毛提議道。

雪毛點點頭。「我去那個角落監看。」她用鼻頭示意幾條尾巴以外的另一處地方。「妳到那裡，這樣我們就可以監看到每個角落。」

雪毛沿著牆頭走過去，藍毛則走到自己的位置，坐下來。她的心噗通噗通地跳。這是她第一次的戰士任務，她有責任將羽鬚還有貓薄荷護送到家，因為或許有一天，這些貓薄荷會派上用場，成為雷族的救命丸。而現在的他們隨時可能遭受寵物貓的攻擊，兩腳獸也可能從任何角落現身。她警覺地看著下方，羽鬚正在草地一側的矮樹叢裡挖鑿。

「還有貓薄荷嗎？」她喊道，可是巫醫見習生整個頭都埋進雜草堆裡，根本沒聽見她的聲音。

雪毛監看林子另一頭，緊張地豎直耳朵。藍毛則掃視這一頭，卻意外在矮樹枝的婆娑綠葉間，瞄見松星的身影。他還站在籬笆上，而且旁邊有隻橘色的貓。

傑克？

松星打算攻擊他嗎？藍毛非常緊張，以為馬上會聽見尖嚎聲，但一切靜悄悄的。那兩隻貓似乎正在祕談什麼。

「滾開！」藍毛被雪毛的斷聲嚇了一跳。

「怎麼了？」她趕緊沿牆頭飛奔過去，倉皇到連頸毛都豎了起來。

雪毛正瞪著牆下一隻玳瑁色的寵物貓，對方睜著圓圓大大的金色眼睛，仰頭看她。

藍毛拱起背。「我們發怒時，身體會漲得像貛一樣大！」她出聲警告。

「而且我們喜歡啃骨頭！」雪毛呸口道。

那隻寵物貓嚇得驚聲尖叫，轉身逃進矮樹叢裡。

藍毛發出得意的喵嗚聲。「太好唬了。」她跳下牆頭，跑去告訴羽鬚。「別擔心！」她大聲說道。「我們已經嚇走那隻寵物貓了。」

羽鬚從雜草堆裡伸出頭來。「什麼寵物貓？」

「就是那隻威脅說要爬上牆來的寵物貓啊。」

「有威脅嗎？」羽鬚的眼睛一亮。

藍毛突然對於自己的洋洋得意有點不好意思。「他有可能跳上牆啊。」

羽鬚喵嗚一聲。「謝囉，」他說道。「妳可以叫雪毛來嗎？我需要妳們幫我把貓薄荷帶回去。」

藍毛趕緊跳回牆上。「羽鬚需要幫忙。」

她帶著雪毛回到羽鬚堆放貓薄荷的地方，並搬出石皮教她的那一招，先用下巴夾起一綑貓薄荷，只是它的氣味香到令藍掌的爪子忍不住發癢，那味道真的好香。「我可以再多帶一綑。」她提議道。於是羽鬚又從另一株植物那裡拖出一堆葉子，藍毛用嘴叼住。

「我也想試試藍毛的方法！」雪毛語氣聽起來很佩服她的巧思。於是也學藍毛那樣，想辦法用嘴和下巴來拿藥草，好不容易固定住了，三隻貓兒終於帶著珍貴的藥草往回家的路上走去。

道。

「妳們帶回來好多藥草哦！」他們在巫醫窩的空地上放下貓薄荷，鵝羽看到，不禁開心說

藍毛非常得意。只不過那香味到現在仍留在嘴裡，令她口水直流。她強忍住想偷嚼一兩片葉子的衝動，因為她知道這東西很珍貴，不應該無謂浪費。

「妳們一定餓了。」鵝羽繼續說道。「快去吃點東西吧。」他掃了羽鬚一眼。「你最好也去吃一點，吃完順便幫我帶一些回來，我早上忙到現在都還沒吃。」

藍毛環視空地，藥草和落葉散落一地，其中有塊角落曬得到陽光，那兒的草全被壓扁了，形狀恰如那隻肥胖的巫醫。

真的在忙嗎？哼！

他們來到獵物堆時，陽落正在那裡翻找食物。他抬頭看看他們。「松星剛回來，餓得像歐掠鳥一樣。」他喵聲道。

藍毛掃了雷族族長一眼，後者正在蕁麻地旁邊梳洗自己。他比他們早回到營地，但沒有幫忙帶兩綑貓薄荷回來。

「第一次出任務，感覺如何？」陽落問道。

「還不錯。」藍毛喵嗚答道，暗自希望羽鬚也有同感。

羽鬚喵嗚道：「她們給了我充裕的採集時間。」

松星抬眼看。「你們去採集貓薄荷？」

「夠我們用到落葉季了。」羽鬚答道。

雷族族長的眼神是不是有所警覺？他是在擔心被他們撞見他和傑克在閒聊嗎？

陽落從獵物堆裡抓了一隻歌鶇鳥出來，「我很高興她們能幫上忙。」

「她們嚇走了一隻寵物貓哦。」羽鬚告訴他。

陽落垂頭致意。「妳們兩個做得很好。」他的聲音聽起來真的很開心。藍毛得意地抖鬆胸毛。陽落叼起歌鶇鳥往松星走去。

雷族族長用爪子將歌鶇鳥翻過來聞一聞，好像不太確定自己還餓不餓。大老遠地跑到兩腳獸那裡又回來，不餓才怪吧？此刻的藍毛就像影族戰士一樣一肚子怨。

她從獵物堆裡挑出一隻老鼠，坐在樹墩旁邊吃。她咬下第一口鼠肉時，又回頭看了松星一眼，後者正小心翼翼地啃著翅膀，陽落坐在他旁邊打盹兒。

這個雷族族長到底跳上籬笆做什麼？

第十七章

圓月當空，月光照亮整片空地，斑駁灑在四大部族的貓兒身上，四喬木的枝葉隨風婆娑起舞，這可是好幾個月圓以來難得一見的景象。夜風清涼，吹亂藍毛的毛髮，她雖然冷到打顫，但很開心。這是她第一次以戰士身分參加大集會。大家終於不再記恨上次的干戈，至少看在休戰協定的份上。風族貓個個看起來油光水亮，不再挨餓。河族貓身上還是瀰漫著濃濃的魚腥味。影族貓則像往常一樣躲在幽黑的樹蔭角落，睜著一雙雙晶亮的眼睛向外窺看。

糊足正在和風族的長老白莓互舔毛髮，巫醫們則聚在一旁竊竊私語。蛇牙和暴尾端坐在獺潑和鋸皮旁邊，罌曙則處在一群見習生裡頭聽他們吹牛，正笑得開心。

「我昨天第一次爬樹。」一隻河族的虎斑見習生喵聲說，興奮到爪子不斷張合。

罌曙眨眨眼。「河族貓也會爬樹？」

「我還以為你們只會游泳！」甜掌喵聲

說。

河族虎斑貓抖開胸毛。「我兩樣都會！」

「不過我想你一定抓不到松鼠。」薊掌懷疑道。

「啐！」河族見習生扮個鬼臉。「誰會想抓那玩意兒啊？」

河族表現得好像他們從沒試圖占領過陽光岩，而雷族戰士也沒有洋洋得意自己的大獲全勝。只不過當曲掌走過來時，藍毛還是覺得很不自在。

「妳那天打得很好。」他喵聲說。

她貼平耳朵。「我現在是戰士了，可以打得更好。」她出聲警告。

他卻興奮地眼睛發亮。「我也有戰士封號了。」

「曲顎？」

「妳怎麼知道？」他的喉嚨傳出快樂的喵嗚聲。

「因為你的尾巴沒長歪啊。」

這時巨岩上方傳來一聲哮吼。「大集會開始了！」

松星站在岩石邊緣，月光灑在身上，閃閃發亮，身後清楚可見霰星、楠星和杉星的輪廓。

松星退到後面，各族貓兒開始往巨岩下方聚攏。杉星也站好位置。

「新葉季帶來了獵物和溫暖的天氣，但也帶來了更多寵物貓，」影族族長大聲說道。「今天，我們的巡邏隊才剛把一隻寵物貓從邊界趕走。」

是傑克嗎？藍掌看看松星，想知道他的反應。

獺潑的聲音從河族那裡傳來，「他們整個禿葉季都躲在舒服的窩裡，早忘了森林是屬於我們的！」

蛇牙齜牙咧嘴。「我們很快就會讓他們牢牢記住別自討苦吃。」

四大部族的貓兒紛紛低聲應和。

霰星走到前面來。「風族貓兒已經加派巡邏隊提醒住在穀倉的寵物貓不准越界。」他說完後，一臉期待地看著松星。

藍毛瞇起眼睛，松星會告訴所有貓兒，曾有寵物貓越界進入雷族領地嗎？

雷族族長抬起下巴。「我們也打算加派巡邏隊……」他停頓一下，突然狠瞪霰星一眼，「警告任何可能的入侵者。」

藍毛四隻腳不安地蠕動著。為什麼偏要挑這時候挑釁對方？大家不是都一致認定是寵物貓在惹麻煩嗎？只不過被松星激怒的貓兒並不只她一個。河族貓開始出聲咆哮。

「影族貓已經有好幾個月圓的時間不曾跨越你們的邊界。」副族長鋸皮吼道。

鷹心也從巫醫群裡喊道，「風族一直本分地待在四喬木這頭。」

霰星氣得豎起頸毛。「你是在指控河族越過你們的氣味記號線嗎？」

松星聳聳肩。「我沒有指控什麼，只是雷族從現在起會加派巡邏隊巡守。」他瞇起眼睛看著杉星。「事前預防總比事後懊悔來得好。」

空氣裡有劍拔弩張的味道，藍毛的胃緊張地縮成一團。

曲顎站了起來。「為什麼沒事要指控其他部族呢？我們是在談寵物貓的問題欸。」

始終坐在他哥哥旁邊的橡心也吼道：「雷族貓向來是寵物貓的朋友。」

「你說誰是寵物貓的朋友？」蛇牙扭頭過去，眼裡迸射怒火。

橡心非常鎮定地看著他，充滿自信。「你們就住在兩腳獸隔壁，」他咆哮道。「根本算是鄰居。」

罌曙氣得豎起全身毛髮。「你這隻滿嘴魚腥味的臭貓，竟然敢胡說八道！」

楠星從巨岩後方喊道，「看在星族的份上，大家克制點吧！」她抬頭看看樹葉縫隙間閃閃發亮的銀毛星群。有些星子已經被雲彩遮住。

族貓們低聲咕噥，陷入沉默。

風族族長抬起頭來。「寵物貓幾乎不曾進入我們領地。」

高尾也從下方喊道。「他們動作太慢，根本追不到兔子。」

「還有松鼠。」小耳補充道。

各部族的貓兒紛紛附和低語，只是個個都還餘怒未消。藍毛沮喪極了，不懂為什麼松星硬要言語挑釁？

霰星上前一步，再度走到巨岩前面。「寵物貓的話題就到此結束吧，」他吼道。「河族有了新戰士，」他朝河族的貓兒點頭示意。「曲顎！」

貓兒們的歡呼顯得心不在焉，藍毛神經為之緊繃。她會得到像豹足和斑皮上次一樣的待遇嗎？她閉上眼睛，聽見松星正在宣布她和雪毛的名字，貓兒們發出低聲讚許，藍毛這才鬆了口氣，即便歡呼聲不如曲顎得到的那麼響亮。

大集會在各部族的意興闌珊中宣告結束，這時雪毛輕輕刷過藍毛身邊。

「為什麼松星要出言挑釁別族呢？」藍毛低聲問道。

「他只是在警告他們不准越界。」

「但為什麼不提寵物貓，硬要提其他部族？」

雪毛聳聳肩。「寵物貓又沒在這裡。」

這理由不充分。根本沒有證據顯示別族貓兒越過邊界，倒是寵物貓老是來來去去，把這裡當成自己的地盤。為什麼松星不願承認邊界上都是寵物貓的臭味記號。經過了漫長的禿葉季之後，他們最需要的獵物泰半都被這些寵物貓給嚇跑了。

早晨的營地漸漸暖和起來。藍毛打個呵欠。她昨夜睡得晚，覺得很疲累。雪毛已經在黎明時和蛇牙、薊掌一起出去狩獵。新葉季的太陽在空地上灑下大片陽光，藍毛和其他貓兒一起聚在高聳岩下方，聽陽落點召巡邏隊的隊員。她聽見他點到她名字，要她和鶇皮、褐斑和玫瑰掌一起去狩獵。她聽聞後，開心地搖搖尾巴。

「藍毛？」豹足從松星窩裡出來，後方的地衣簾幕婆娑作響。「松星想找妳談一下。」

「什麼事？」她有做錯什麼嗎？或許他發現她看到他和傑克在一起，又或許有別的貓兒偷聽到她問雪毛，為什麼松星要挑釁其他部族，略而不提寵物貓的事。

豹足聳聳肩，逕往育兒室走去，大腹便便的她，腳步顯得蹣跚。藍毛勉為其難地走向松星的窩。

她低頭鑽進窩裡，族長在幽暗的光線下眨著眼睛。「藍毛。」他語調嚴肅地跟她打招呼。

藍毛不安地看著他，不停變換站姿。

「我看過妳的一些訓練。」他喵聲道。

「什麼？」

「妳沒見過月亮石吧？」

月亮石！那是一塊神聖的岩石，族長們都是在那裡領取他們的九條命，巫醫則在那裡與星族夢中交流！亢奮情緒瞬間趕走了藍毛心中的焦慮。

「所有的年輕貓兒都必須前往那裡接受星族的祝福，」松星繼續說道。「我以前本來就要帶妳去，但因為和風族交戰，再加上下大雪，所以一直沒能成行。今天我想去找星族交流，或許妳可以跟我一起去。」

「雪毛也一起去嗎？」

「風族可能無法忍受同時有三個戰士穿越他們的領土，」松星喵聲道。「我下次再帶她去。」

藍毛知道他們必須先穿越高地，才能抵達慈母口，也就是月亮石藏身的洞穴所在。不過風族應該知道他們只是借道而已？她嘆口氣，也許對方仍忘不了前次遭受攻擊的慘痛經驗。

雷族族長閉上眼睛。「妳去找鵝羽拿遠行藥草服用。」他低聲說道。

遠行藥草？藍毛心想那味道會不會像上次出征風族前吃的那種藥草那麼可怕。「要我幫你拿一份過來嗎？」

松星搖搖頭。「和星族溝通前，我不能吃任何東西。」

你真幸運！她轉身，穿過地衣簾幕走了出去。

鵝羽已經等在羊齒植物隧道外頭。藍毛有點緊張，自從兩個月圓前那次狐狸事件之後，他就沒再提起那個預言，他現在會提嗎？

但他只是眨眨眼睛，把藥草推到她面前。「松星說他要帶妳去月亮石。」

藍毛點點頭。他的眼神裡是不是有一閃即逝的好奇？

「把這些吃掉。」他轉身離開。難道他跟松星提過那個預言？所以雷族族長才會捨雪毛，決定帶她去？因為他知道她不同於其他貓兒？

「快點！」松星在空地對面喊道。「我得趕在月亮升到最高點之前抵達。」

藍毛趕緊舔掉那堆葉子，忍住苦味，硬吞下去，追上族長。

他們沿著小徑走到四喬木，循著昨夜大集會走過的路前進。經過巨岩時，仍聞得到四大部族殘留的味道。白天看巨岩，感覺很奇怪，少了月光的妝點，看起來單調又死灰。

等他們爬上斜坡，往風族領地走去時，腳下已經變成粗糙的草地。「千萬記住，」松星警告道，「這時候強風開始襲來，草坡上不見樹木，反倒都是低矮的灌木。「不准在這裡狩獵。」

當然不會！藍毛並不餓。鵝羽的藥草發揮了作用，不僅抑制住胃口，還讓她變得精力充沛，很想拔腿奔跑，不過她還是乖乖跟著松星後面，穿梭於石楠叢之間，直到抵達視野遼闊的高原。藍毛放眼遠處的地平線，尋找風族營地以及那天開戰時，她藏身的岩石，但什麼都看不到，只聽見似曾熟悉的草浪風聲。

突然間，腳下地勢陡降，風族領地往兩端延伸。松星停下腳步，世界就在眼前豁然開展。高地向下綿延，形成廣闊的深谷，兩腳獸的巢穴群聚如瘤，遠望小如種子，更遠處則是鋸齒狀的高聳山巒。

「那是高岩山嗎？」藍毛低聲問道。

松星點點頭。

轟雷路的酸臭味從山谷那頭飄來。藍毛看到一條細窄的灰帶像河流一樣在下方蜿蜒。她曾見過隔在雷族森林和影族領地中間的那條轟雷路，但從沒穿越過。但眼前這條轟雷路看起來非常忙碌，遠遠望去，上頭的怪物像蟲一樣小，不過藍毛知道牠們的體型其實很大，也聽說過有貓兒慘死在牠們腳下。牠們速度快到可以追上跑得最快的戰士。

「來吧！」松星啟程往下坡走。

藍毛聞到風族邊界上的氣味記號，也看到斜坡下方的茵茵綠草，很想趕快踏上柔軟的草地。

「站住！」

風族貓大吼一聲，喝止他們。藍毛愣在原地，松星立時轉身和風族巡邏隊打招呼。她繃緊神經，轉過身去，看見高尾和他們的副族長蘆葦羽正穿過石楠叢，跳了過來，他們全都豎起頸毛，齜牙咧嘴，另外還有三名戰士隨後跟來。

「別那麼緊張。」松星嘶聲說道。

藍毛試圖冷靜，於是深吸口氣。風族戰士在離他們一條尾巴之距的地方停下來，她在心裡告訴自己，**我們本來就有權從這裡取道前往高岩山。**

蘆葦羽瞇起眼睛。「你們要去高岩山嗎？」他質問道。

松星點點頭。

風族副族長繞著他們轉了幾圈，張嘴嗅聞他們身上的氣味。

「我們沒有盜獵。」松星平靜說道。

蘆葦羽哼了一聲。「碰到你們雷族，最好還是先確定一下。」

松星的爪子狠戳進泥煤地裡，但一句話也沒說。

「你們走吧！」蘆葦羽呸口道。「快點走，我們可不希望你們的臭味汙染了我們的領地，嚇走我們的獵物。」

松星轉身就走。他沒打算回嗆幾句嗎？藍毛忍住滿腔憤怒，不願表現出來，松星則是低著頭、垂著尾巴，用力踏步，走下山坡。他的身上沒有散發出恐懼的氣味，但腳步聲卻透露出他的疲憊。這令她不免好奇，究竟是什麼原因非得親自去找星族溝通？也許他比她想像中還要擔心寵物貓的問題。

藍毛走下山坡時，仍感覺到風族巡邏隊射來的目光。一直等到過了邊界，四腳踩在鬆軟的草地上，她才寬下心來。松星開始沿僻靜的小路蜿蜒前進，刻意避開兩腳獸的巢穴。等他們走到轟雷路附近時，藍毛已經疲乏，不過她很慶幸行前服用過遠行藥草，所以還不覺得餓。太陽落到高岩山後方，在山谷裡投下長長的陰影。月亮高掛在灰白天空，星子開始閃爍。

轟雷路上的轟隆吼聲震天價響到連藍毛都覺得自己的肚皮也在微微震動。等他們抵達轟雷路時，正好有一群多到數不清的怪物瞪大發亮的眼睛，轟隆隆地經過。藍毛看得眼花撩亂，眼皮眨呀眨地瞪著一隻隻怪獸呼嘯而過，身上傳來的惡臭令她不禁皺起鼻子。松星蹲在路邊溝渠，尾巴輕輕碰她，要她別緊張。藍毛還是忍不住發抖。那些怪物不斷從兩邊急衝而來，捲起汙穢的熱風，刮打她的鬍鬚和毛髮。他們要怎麼過去？

「跟在我後面。」松星命令道。他領著她往前走。她壯起膽子，踏上惡臭的黑色岩塊，這時又有一隻怪獸在離他們不到一條尾巴之距的地方呼嘯而過。

藍毛嚇得立刻往後一彈。

「快回來！」松星吼道。藍毛氣喘吁吁地慢慢爬回來，這時又有一隻怪獸轟隆隆地橫衝而過，藍毛強迫自己不准逃開。

「衝！」松星往前衝了出去。

藍毛也跟在後面衝，心臟簡直快跳出來。她在平坦的轟雷路上連跑帶滑。她看見強光射來，也聽見怪獸的吼聲，嚇得閉上眼睛，緊貼松星，盲目前衝，直到再次踩到柔軟的草地，這才安心下來。

「安全了。」松星氣喘吁吁地喊道。

藍毛睜開眼睛，發現自己已經抵達轟雷路的另一頭，總算鬆口氣。

全身還在發抖的她，繼續跟著雷族族長往高岩山走去，她頂著寒冷的夜風前進，抬頭掃了天空一眼。鋸齒狀的山頂已經看不見夕陽餘暉，天色暗了下來。她渾身發顫，想找出最亮的星子。這是她第一次前往月亮石，月花會不會正在天上看著她？

地面又開始斜傾，腳下草地變成了岩地。松星呼吸沉重，藍毛的肚子開始咕嚕嚕叫。在這片僅有石楠樹零星生長的不毛之地上，根本沒有獵物的蹤影。

松星停下腳步，她終於能夠喘口氣。松星抬起黃褐色的口鼻，仰看斜坡。「慈母口！」

藍毛屏息，順著他的目光看過去。只見上方坡度漸陡，盡是岩塊，山腰處儼然有個缺口。

松星看看頭頂那輪光華的月亮。「是時候了。」

第十八章

「歡迎來到慈母口。」松星的尾巴輕輕拂過藍毛的肩膀，這才走進地道。他才跨進去，紅棕色的身影立刻被黑暗吞沒。

藍毛看了星空最後一眼，隨即跟上。黑暗立時吞沒了她，這無止無盡的黑，沉重到她必須屏住呼吸，任由黑暗像水一樣淹漫她。松星的腳步踩在穴地上，地面開始斜傾，深入地底，她緊隨在後，雙耳充血。

「松星？」她倒抽口氣，冰冷的空氣灌進她胸腔。舌間充斥著水、岩石和泥土的味道。他在哪裡？他的氣味被眾多陌生味道掩蓋。黑暗壓迫著她，令她無端恐懼起來，她嚇得往前猛衝，尖叫一聲，撞上前面的松星，害他翻滾在地。

「妳搞什麼啊？」松星爬了起來，甩掉身上的藍毛。

藍毛羞愧到全身發燙，趕緊跳到旁邊，她真希望自己能看見……什麼。「我很害怕。」

她感覺到他的身體輕輕挨在她身邊。

「我們快到了。」他允諾道。「我會走在妳旁邊，直到光線亮一點為止。」

「亮一點？」藍毛懷疑地往前窺看。這裡怎麼可能有光線？但走沒幾步，真的看見地道前面有光透進來。

松星從她身邊走開，藍毛終於看見原來地道的高度很高，四周壁面光滑，滲出晶瑩水氣。地道的終點是高聳的弧狀洞穴，站在洞裡的雷族族長相形之下顯得很小。圓弧的壁面往上形成巍峨的穴頂，最上面有個露天的洞。石楠和夜風的氣味從洞口吹拂而入，月光也從那裡流瀉而下。洞穴中央有一座大岩石沐浴在月光下。岩石高度約有幾條尾巴的長度，表面像布滿露珠一樣發出瑩光，有如一顆遺落世間的星子。

這幅景象令藍毛為之震懾，久久無法移動，她目瞪口呆，很清楚知道令人窒息的黑暗剝奪了她自由行走的能力，她渴望呼吸到地面上的徐徐涼風，一想到星族是在這種地方進行交流，便覺得恐怖萬分。難道她的祖靈現在就在身邊，只是她看不見？她緊貼穴壁，後退幾步，不願靠近月亮石。

「自在點，別拘束，」松星告訴她。「我現在得先和星族溝通。」

藍毛蹲下來，抖鬆毛髮，不想讓肚子直接貼在冰冷的地面上。她好奇這裡會不會也有陽光像月光一樣探進洞裡。她真希望這種陰冷的感覺和這些毛骨悚然的光影能被溫暖明亮的陽光給取代。

松星往月亮石走去，在旁邊蹲伏下來，鼻頭輕觸水晶似的岩面，眼皮瞬間閉上，身體像僵掉一樣。藍毛繃緊神經，等待某種神奇的光芒出現，但毫無動靜。穴裡靜悄悄的，只有冷風縈繞著月亮石嘆息低語。先前旅程漫長，如今的她只覺疲憊不堪，眼神逐漸呆滯，眼皮沉重，最後閉上眼睛，任黑暗將她吞沒。

她在夢中，她想吸進空氣，卻吸到水，滾滾洪流沖打她的腳，將她捲入無邊無際的黑暗，她驚慌失措，惡水拖住她的毛髮，充斥著她口耳鼻腔，她看不見也聽不見，只剩恐懼在她心裡吶喊。她奮力抵禦洪流，咳嗽不止，四隻腳用力踢打，渴望呼吸新鮮空氣。她尋找可以游向的光點，可以呼吸的地方，但在這片無邊無際的幽黑惡水裡，她什麼也看不見。

她猛然驚醒，喘氣不止，全身毛髮因恐懼而豎得筆直。

松星的剪影映在閃閃發亮的水晶石上。他瞇眼看她。「做惡夢了？」

她氣喘吁吁地點點頭，笨拙地站起身來，仍然覺得昏昏欲睡，揮不去心中的恐懼。

「呼吸點新鮮空氣，應該會讓妳清醒一點。」松星在前方帶路，離開洞穴。

藍毛跟在後面，恐怖的夢境嚇得她到現在都不敢開口，溺水的惡夢仍在心裡盤踞不去。她靠鬍鬚的觸感，跟著松星的尾巴，一步一步踏在冰冷的地道裡，直到外面的月光再度流竄在她腳下，涼風輕拂她毛髮。

「我們就在這裡休息到天亮再回去。」松星在地道口下方的一座大圓石底下躺了下來。地面很冰涼，但藍毛還是很開心終於回到空曠的地表上。銀毛星群在夜空裡閃閃發亮。**月花！**她似乎仍聞得到母親的奶香，心情終於放鬆下來，不再發抖，只是思緒仍很紊亂。她剛剛夢到的是預言的一部分嗎？她真的會溺水，就像鵝羽說的被水毀滅？

東升的太陽喚醒了她。感覺上好像根本沒睡著，不過那場惡夢已經褪去，嘴裡不再有水的氣味。藍毛眨眨眼睛，看見牛奶色的遠方地平線上，一輪粉色的太陽正在高地上緩緩升起。

她站起身來，伸個懶腰。旁邊的松星也醒了，他打個呵欠，一臉疲憊地看向山谷。「我想我們最好回去了。」

藍毛等不及想回到貓兒們的身邊。她在岩石上來回踱步，希望嗅到附近有獵物出沒，松星則伸伸懶腰，梳洗自己，然後出發走下斜坡。

他們避開兩腳獸的窩，到了風族的領地時，也刻意避開領地邊緣。藍毛總覺得自己像小偷一樣在離氣味記號有一段距離的陰暗處行走。松星一路上不太說話。藍毛心想如果她是族長，她才不怕風族巡邏隊的威嚇。戰士守則本來就允許他們借道高地，他們沒有權利阻止任何族長去和星族交流。

但她隨即想到蘆葦羽眼中的敵意。長途跋涉過的她，還有那個力氣去應付對方的挑釁嗎？她的腳疲憊到無法應戰，眼皮也沉重到沒那精神與對方爭辯。

「他們會永遠恨我們嗎？」她好奇地大聲問道。

松星掃她一眼。「妳是說風族？」他嘆口氣，那聲嘆息化在風裡。「他們終究會原諒我們那次的攻擊，但還是會找到其他理由來恨我們。別族也一樣。四大部族永遠是彼此的勁敵。」他垂著尾巴，步履維艱地繼續前進。雖然他在說話，卻又好像不是對著藍毛說。「不過我們要的不都是一樣的東西嗎？有獵物可抓，有安全無虞的領地可以讓我們把小貓撫養長大，以及與我們的祖靈平靜交流。我們的心願都很簡單，為什麼一定會彼此仇恨呢？」

藍毛望著族長的紅棕色背影，他真的是這樣看待部族的生活嗎？應該不只有仇恨和敵意！戰士守則告訴他們要保護族貓，捍衛屬於自己的東西。難道這意思就是要他們仇恨非我族類嗎？她放眼那片雜草叢生的高地，尋找風族營地所在的凹地，也是她母親被殺的地方。也許這就是為什麼她會被殺害。她對風族的恨不會有終了的一天。不管是哪個部族，只要敢傷害她至愛的親友，她都會恨他們，而就她目前所見，其他部族除了帶來傷害之外，什麼也沒有。

他們終於抵達溝谷，強撐起疲憊的四肢，跌跌撞撞地爬下山谷。午後陽光曬進營地，照亮空地，藍毛隔著樹頂的枝葉縫隙隱約看見底下動靜。家的味道溫暖了她的心。

「回窩裡去休息吧。」他們穿過金雀花隧道後，松星向她命令道。他語調犀利，似乎又變回原來的雷族族長，他在高地上所顯露的無奈，已經完全消失。

回到熟悉環境裡的藍毛總算寬下心來，開始覺得肚子咕嚕嚕地叫。他們路上沒有停下來狩獵，這害她餓壞了。但實在是因為太累，決定還是先睡覺，晚點再吃東西。她拖著腳步，蹣跚地往戰士窩走，低頭鑽了進去。而她的臥鋪也早被不知好心的誰給鋪上新的蕨葉和青苔。她滿心感激地躺了下去，閉上眼睛。

「妳回來啦？」

一隻老鼠丟在她鼻子前面。雪毛正繞著她的臥鋪轉。「月亮石長什麼樣子？很巨大嗎？松星有做夢嗎？妳是不是也有做夢？有發生什麼事嗎？」

藍毛抬起頭，眨眨眼睛看著妹妹。「它很大很亮，松星有做夢。」

「做什麼夢？」

「他沒有說。」

「那地方很遠嗎？妳看見兩腳獸了嗎？高岩山有多高？雀皮說它是全世界最巨大的東西之一。」

「比高地高，我們避開兩腳獸的巢穴，而且走了一整天的路。」藍毛嗅嗅老鼠。那味道害得她口水直流，但她太累了，根本沒有力氣吃東西。「謝謝妳幫我清理臥鋪。」她眼皮沉重地低聲說道。

「不是我啦，」雪毛的聲音聽起來很詫異。「是鶇皮。他說妳回來後，一定很累。」

藍毛閉上眼睛，累到不想再回話，只感覺到雪毛正用溫暖的口鼻親吻她額頭。

「快睡吧，姊姊。」

藍毛隱約聽見雪毛離開時踩踏到蕨葉的窸窣聲響，然後便迷迷糊糊地陷入星雲迷霧裡，好像有聲音在低語，但又聽不見，四周是湍急的黑水，拉扯她的毛髮，冰冷徹骨。

第十九章

藍毛跟著蛇牙、薊掌和鶇皮早上巡過邊界後，現在正穿過林子，走回營地。綠葉季的溫煦陽光斑駁灑在她身上，一隻蜜蜂飛來繞去於羊齒植物叢間，在她耳畔嗡嗡作響。

「這種天氣最適合躺在陽光岩了。」薊掌語帶渴望地說道。

蛇牙哼了一聲。「我真不敢相信松星竟然坐視不管，不趕快想辦法把那塊地從河族那些可憎的魚臉貓手上搶回來。」

「當初他們一更動邊界記號，他就應該下令攻擊了。」薊掌作勢往空中猛揮拳頭。「結果害我們現在老看見那些魚臉貓大喇喇地躺在我們領地上。」

「我們不需要陽光岩那裡的獵物，」鶇皮指正道。「森林的獵物已經夠多了。」

「問題不在這裡，」蛇牙呸口道。「他這麼做等於是在示弱。下一次影族也可以依樣畫葫蘆地占領蛇岩。」

藍毛彈彈尾巴。「影族要蛇岩，就給他們啊，反正那裡的豬鼻蛇和狐狸比獵物還多。」

蛇牙的喉嚨發出咕噥低吼聲。

「血濺陽光岩根本毫無意義，」鶇皮爭辯道。「長老也說過，從以前到現在，陽光岩上的流血事件已經夠多了，倒不如把那塊地送給他們還省事點，反正我們又不缺那裡的獵物。」

「那是因為現在是綠葉季！」薊掌呸口道。「要是禿葉季來了怎麼辦？到時我們一寸領地也不能少。」

你就只會把蛇牙說過的話原封不動地搬出來說。藍毛瞇起眼睛。這個長著鼠腦袋的見習生根本沒有深謀遠慮的本事。「如果真的值得一戰，我相信松星不會逃避的。」

薊掌齜牙咧嘴。「難道我們的族長私下跟妳說過嗎？」他譏諷道。

「他不必告訴我，」藍毛咆哮道，這時他們已經抵達溝谷頂端。「我只是合理推測。」她擠過薊掌身邊，自行跳了下去。

豹足正在育兒室外面曬太陽，她的肚子裡懷有小貓，看上去像隻圓滾滾的獾。

「暖和嗎？」藍毛經過時這樣問道。

豹足抬起頭。「對我來說還不夠暖和。」她愉悅地喵嗚道。

藍毛往獵物堆走去。

「有很多獵物可以選哦。」獅掌躺在樹墩旁，金掌也在旁邊。「歌鶇鳥和田鼠都是我抓的哦。」

金掌用尾巴彈他的耳朵。「別那麼愛炫耀好不好！」

獅掌舔舔頸上豐厚的毛髮。「我只是據實以告。」

藍毛鬍鬚抽了抽。「我猜這也算遵守戰士守則吧。」她揶揄道，然後就離開了，這時陽落正朝見習生窩匆匆走來。

「嘿，獅掌，你有看到松星嗎？」

獅掌抬起頭來。「我記得他和狩獵隊出去。」

陽落瞇起眼睛。「我也這麼以為，可是狩獵隊剛剛回來，松星沒和他們在一起啊。」

藍毛偏著頭。不知道邊界巡邏隊有沒有注意到當他們經過兩腳獸地盤的邊界時，她一直在聞松星的氣味。她到現在都還忘不了他曾去找過傑克。而且自從一個月圓之前，他們從月亮石回來之後，她就一直覺得族長怪怪的。他會不會又到兩腳獸的地盤那裡找傑克聊天紓壓，只為了暫時拋開四大部族之間的種種恩怨？

獅掌停下動作，不再梳理毛髮，起身走向淡橘色的戰士。「你要我去找他嗎？」他提議道。

陽落搖搖頭。「我要你跟我一起巡邏沿河邊界，」他說道。「河族或許已經從我們手裡搶到陽光岩，但絕不能讓他們再得寸進尺。黎明巡邏隊在林子這頭聞到一些氣味，所以我想我們應該常常去巡邏那裡，免得那些魚臉貓以為有機可趁。藍毛，妳也一起來。」

藍毛看了那堆疊高的獵物一眼。「我可以先吃隻老鼠嗎？」

「吃快點。」陽落轉身。「我去找雀皮和白眼。」

藍毛囫圇吞下一隻老鼠，打個飽嗝，獅掌這時跳了起來。

「妳要一起來嗎？」他問金掌。

金掌搖搖頭。「花尾要教我一些格鬥技巧，好通過下次的測驗。」

獅掌掃了藍毛一眼。「看來我們的工作就是去嚇跑那些無恥的河族貓。」他背上的毛豎了起來。「真搞不懂他們為什麼不能待在自己的領地裡？他們又不喜歡吃松鼠。」

藍毛貼平耳朵，訝異於他的好戰態度。上次出征趕走河族貓時，他還只是一隻小貓，現在卻已經長大，隨時準備上戰場。她懷疑他是不是暗地裡希望他們最好越過邊界，這樣雷族就有理由展開反擊。雷族裡反對讓出陽光岩的，不只薊掌而已，不過她還是相信松星的判斷。

「打仗並不好玩。」她警告獅掌。

「至少妳有機會親身體驗！」他抱怨道。「而我卻只在大集會上遇過他們！」

難道他情願打仗，也不願坐下來談和？藍毛瞇起眼睛，這時她想起了曲顎。不過至少在戰爭中，你會知道你挺的是哪一方，還有究竟能信賴誰。

她輕輕摑了獅掌一下。「好了，走吧。」

他像剛打完仗一樣不再弓著背和豎起背毛，乖乖跟在藍毛後面去找陽落。白眼和捷風已經在入口等候。

他們一抵達新的河族邊界，藍毛就知道這一切一定是黎明巡邏隊搞錯了。雖然氣味記號還很新鮮，但那河族氣味根本淡到很有可能是風吹過來的。不過看見河族戰士懶洋洋地躺在暖哄哄的岩石上面，還是忍不住一把火。她也許同意松星的決定，把陽光岩讓給他們，但看見他們這樣大喇喇地使用曾是雷族的東西，還是會有想上前幹架的衝動。

陽落在她旁邊發出咆哮，捷風則氣得拿腳爪耙抓地面。「松星最後一定會搶回陽光岩的，」她呸口道。「他們每站上陽光岩一次，就等於侮辱我們一次。」她嘶聲說道。

河族戰士正隔著樹林瞪視他們。藍毛認出曲顎。他現在到底是朋友還是敵人？她應該用什麼態度去面對他，是大集會上的？還是戰場上的？

一個黃褐色身影從岩石上溜了下來，來到下方蔭涼的草地上，慢慢往邊界走來。

橡心！

想必曲顎的這位傲慢弟弟是想試試自己的運氣吧。只見他沿著氣味記號慢慢走，隔著林子掃視雷族巡邏隊的一舉一動。

藍毛上前一步，發出嘶聲。橡心一看見她，眼睛立刻炯亮，她發現自己竟也被他的目光深深吸引。

「河族毛球！」她呸口罵道。

他的鬍鬚是不是抽動了一下？她弓起背。這傢伙好大膽，竟敢嘲笑她？

「藍毛！」陽落尖銳的聲音自身後傳來，但她的目光還是無法移開。

這時橡心轉過身，悠哉走回陽光岩。藍毛全身一陣輕顫，趕緊離開。

「別被他們嚇到。」捷風說道。

藍毛抖抖鬍鬚，試圖甩開橡心的那雙眼睛。他就像薊掌一樣有大頭症，她憤憤地哼了一聲，隨隊友穿越林子離開。

等他們回到營地，松星已經回來，和斑皮坐在蕁麻地上。「陽落，」他們走進空地時，他和副族長點頭招呼。「邊界那邊沒什麼事吧？」

「沒事，」陽落答道。「狩獵順利嗎？」

松星點點頭。「託星族的福，還不錯。」

他一定是在回來的路上順便抓隻獵物而已。藍毛的目光從雷族族長身上移到獵物堆，看見上頭多了隻肥美的歐掠鳥，這才鬆了口氣。松星的成績不錯，最重要的是，他沒有去兩腳獸那裡找傑克。

玫瑰掌跟在甜掌後面跳了過來，「牠就在梧桐樹底下，等著被抓一樣。」她開心地說道。「我一跳過去就抓到了，這隻歐掠鳥很肥哦，我想豹足一定會喜歡這頓大餐。」

原來這隻鳥不是族長抓的。藍毛當場愣住，這時育兒室的刺藤叢一陣沙沙作響，羽鬚鑽了出來，眼神憂慮。

「豹足快生了！」

「這麼早？」捷風轉頭過去。「應該再等半個月圓吧。」她的眼裡閃過憂色，顯然在擔心自己的女兒。

斑皮趕緊站起來，走過去。「她沒事吧？」

羽鬚沒回答。反而喊著孩子的父親。「松星，你先去陪她，我去拿些必用品。」

松星卻縮了一下身子，面帶訝異的臉色。

難道他忘了豹足懷了他的孩子？

「我想還是交給你和鵜羽去照顧比較好。」雷族族長的聲音聽起來有點尷尬。他是不是太緊張了？

捷風哼了一聲，鑽進育兒室。「我去照顧她！」

雀歌從斷樹下方走出來，旁邊跟著石皮。「快要有小貓了！」她聲音粗啞地說道，眼睛發亮。

羽鬚匆匆走向巫醫窩，差點撞上正從羊齒植物隧道慢慢走出來的鵝羽。「走路看路好不好！」羽鬚脫口而出。發現是他導師，頓了一下，趕緊改口。「對不起！」

但鵝羽只是搖搖擺擺地從見習生身邊走過，最後停在獵物堆前。

「豹足要生了！」羽鬚在後面向他喊道。

「我知道，我知道。」鵝羽心不在焉地咕噥道，同時將腳伸進獵物堆，翻動每隻獵物，低頭仔細看。

羽鬚彈彈尾巴，只好自己走進羊齒植物隧道。

雪毛從戰士窩裡出來。「我是不是聽見豹足快生了？」她順著藍毛的目光看過去，只見鵝羽還在獵物堆那裡挑三揀四。「都這時候了，他怎麼滿腦子還想著吃啊？」

斑皮皺起眉頭。「我想他是找什麼預兆吧。」

「又不急在這一時找。」一聲低沉的呻吟從育兒室傳來，雪毛的耳朵抽了抽。「聽起來豹足好像需要幫手。」

藍毛滿懷希望地看著松星，心想也許他會催巫醫快點想辦法。但松星只是一臉茫然地看著鵝羽，而後者嘴裡仍唸唸有詞，又丟出一隻獵物到旁邊。這時羽鬚叼著一包葉子綑的東西，從巫醫窩裡匆匆出來，倉皇走向育兒室。

感謝星族，至少他不是鼠腦袋。

「營地裡已經好久沒有小貓了。」雀歌嘆口氣道。

石皮把鵝羽丟到旁邊的麻雀撿起來，帶到高聳岩下面的蔭涼處吃。「不如先吃點東西吧，」他告訴雀歌。「這種事急不得。」

藍毛焦急地走來走去，走到最後腳都痠了。出外巡邏和狩獵的貓兒陸續回到營裡，大夥兒全聚在空地，憂心地望著育兒室，因為隨著時間一分一秒過去，羽鬚一直沒出來說明情況。

「你不是應該進去陪她嗎？」雀歌尖銳地對松星喊道，後者正蹲伏在蕁麻地上。

「我也幫不上忙。」松星回答道。「我又不是巫醫。」

雀歌在石皮耳邊咕噥幾句，轉頭又去看育兒室。

鵝羽剛剛弄亂了一地的獵物就走了，暴尾正在重新擺好，然後挑了兩隻地鼠，帶到白眼和褐斑所在的空地旁。「黃昏的時候，雷族就會有新的戰士誕生了。」他喵聲說。

白眼聽見育兒室傳來痛苦叫聲，身子不禁一縮。「希望星族保佑他們母子平安。」她喃喃說道。

「戰鬥技巧訓練得怎麼樣？」藍毛朝她以前的室友喊道。

「花尾說我的測驗應該可以過關。」金掌快步走過來，指指育兒室那裡。「發生什麼事了。」

「豹足快生了。」藍毛告訴她。

花尾的尾巴彈了彈。「已經要生了嗎？」她的眼裡有愁雲。「她這樣痛多久了？」

「快一個下午了。」

「鵝羽在裡面幫忙接生嗎？」

「沒有，羽鬚在裡面。」

「那鵝羽呢？」花尾質問道。

暴尾暫時擱下地鼠，抬起頭來。「我們剛下來的時候，看見他在溝谷頂。」

花尾眨眨眼睛。「我的天啊，這時候他在那裡做什麼？」

「我們經過時，他正看著天空，喃喃唸著什麼雲的，」暴尾喵聲說。「我猜他根本沒注意到我們。」

育兒室前的刺藤叢一陣沙沙作響，羽鬚鑽了出來，神色緊張，毛髮豎直。藍毛快步走上前去。「她還好嗎？」

羽鬚沒有回答。「我需要濕的青苔，還有藥草。妳去找鵝羽拿覆盆子葉。」

藍毛的胃不禁縮在一起。巫醫見習生看起來很慌張，看得她也跟著緊張起來。要是讓他知道鵝羽逛到別地方去了，他恐怕會更慌亂。「他不在窩裡。」她猶豫了一會兒才說出來。

「好吧，」羽鬚瞪著她，顯然正在心裡飛快盤算接下來該怎麼辦。「覆盆子葉長得像這樣。」他匆忙地用爪子在土上畫出葉形。「妳去把它們拿來，我走不開。」

族裡的貓兒得知大事不妙，毛髮全都緊張地豎得筆直。藍毛驚慌瞪著他剛剛畫的葉形，很多葉子長得都像那樣。

「它摸起來很軟，但邊緣有鋸齒，」羽鬚告訴她。「它們就堆在巫醫窩的後面，」他停頓一下。「靠近貓薄荷那裡，妳還記得貓薄荷吧？」

藍毛點點頭。「放心，我會找到的。」她允諾道。

雪毛從她身邊刷過。「我去幫忙拿青苔。」

她們一起快步走進巫醫窩。雪毛從巫醫窩空地邊的水池裡撿了幾綑青苔上來，藍毛則鑽進岩洞。洞內迎面撲來的辛辣藥草味，令她頓時想起小時候和妹妹一起偷溜進洞裡的事。她不免納悶當時怎麼那麼愚蠢。突然間，她感到一種近似椎心的痛，她想起那時候月花一臉驚恐地將她們拖出去，深怕她們有什麼閃失。

別再想這些了。她必須先找到貓薄荷，於是沿著牆邊成排的藥草逐一嗅聞。岩洞裡很暗，根本看不清楚，不過空氣裡充斥著各種濃烈的藥草味。就像羽鬚說的，貓薄荷放在後面。它的味道會讓她直流口水，所以立刻認了出來。她伸出爪子，開始去摸貓薄荷附近的藥草。她摸到了軟軟的葉子，於是撿起來放進嘴裡，用舌頭去舔它的邊緣。鋸齒狀。**一定是這個。**她叼起一大口，從陰暗的巫醫窩衝進已被黃昏薄暮籠罩的空地，再趕往育兒室。

雪毛站在入口。「他把青苔拿進去了。」她喵聲道。藍毛趕緊低頭鑽進多刺的入口，將葉子放在羽鬚腳下。「是這個沒錯吧？」

他點點頭。「做得好。」

這時藍毛看見臥鋪上的豹足，心不禁一沉。豹足躺臥在一堆青苔和蕨葉上，看起來很虛弱，眼神狂亂痛苦，毛髮凌亂糾結，全身上下滲出恐懼的氣味。

捷風用腳掌抬起豹足下巴。「試著喝一點。」她把一球沾了水的青苔拿到豹足嘴邊，豹足舔一舔，這時肚子突然強烈收縮，她用力咳了起來。

捷風豎起耳朵。「快生出來了嗎？」

「就快了，」羽鬚安慰道，然後把葉子嚼成泥，放在豹足面前。「把這吃掉。」他的聲音溫柔但堅定，豹足乖乖舔掉葉泥，勉強吞下去，這時肚子又開始收縮。

藍毛走上前去，用鼻頭輕抵豹足的額頭。「妳一定辦得到，」她低聲說道。「妳一向是族裡最強壯的貓，想想看，妳就快要有漂亮的小貓了，他們全都會成為最棒的戰士。」

豹足表情茫然地眨眨眼睛，藍毛不確定她到底聽見了沒，只好往入口處退了幾步。

「謝謝妳。」羽鬚喃喃說道。藍毛點點頭，鑽出窩外。

聚在外面的貓兒們顯得不安。暴尾、陽落、蛇牙和褐斑在空地上來回踱步，毛髮豎得筆直，彷彿懊惱自己無法陪豹足共同面對這場戰役。雀歌和石皮連同後來加入的糊足和草鬚，全都窩在高聳岩下方的陰暗處，瞪大晶亮的眼睛。白眼挨在雀皮旁邊，知更翅和鶇皮則繞著他們走來走去，不時仰望逐漸昏暗的天色。

鵝羽這時突然從金雀花叢隧道裡出來，直奔巫醫窩，甚至沒有停下來問豹足情況如何。藍毛很想衝上去揍他一拳，但也只能強忍住。**天啊，他到底是不是雷族的巫醫？**

不過至少松星站起來了，他走到貓群中央。「我們一定得吃點東西，」他下令道。「這些小貓不會因為我們餓肚子，就早點誕生。」

藍毛怒目瞪他。這些小貓！他們是他的小貓欸，難道他一點都不在乎嗎？

陽落點點頭，從獵物堆裡叼出一隻鴿子。獅掌也挑了隻松鼠，手腳笨拙地將牠拖到樹墩那頭。薊掌已經在蕁麻地那裡和雪毛分食食物。

甜掌抬眼迎視藍毛目光。「和我們一塊兒吃吧。」她正在和玫瑰掌分食一隻老鼠。

藍毛感激地走向那兩個見習生。她並不餓，但很需要族貓的食物分享來安撫情緒。她咬下一口鼠肉，掃了一眼育兒室，在心裡默默對還未出世的小貓說，**快點來加入我們吧！**

就在貓兒們用完餐後，開始互相幫忙梳洗時，銀毛星群終於現身夜空，熠熠閃亮。陽落打個呵欠，站了起來。「不管今夜發生什麼事……明天還是有工作得做。」他望了育兒室一眼，轉身回到自己窩裡。族裡其他貓兒也都紛紛點頭附和，嘆聲氣，各自回到窩裡。

鶇皮經過藍毛身邊。「妳也去睡吧。」他喵聲道。

「我……我很快就去睡。」藍毛允諾道，但她知道自己根本不想睡。豹足還在受苦，她怎麼可能睡得著？

鶇皮走了，這時育兒室突然傳來細微的哭聲，藍毛跳了起來，是**小貓在哭嗎？**

鵝羽從巫醫窩裡匆匆出來，消失在育兒室裡，過了一會兒，他又出現了。「第一隻小貓已經出生了！」他喊道。「是母的。」

每個窩都有貓兒探出頭來，快樂的低語聲在營地裡迴盪，大家總算放下心了。藍毛從鵝羽旁邊衝過去，擠進育兒室。「豹足沒事吧？」她質問道。

捷風正舔著豹足的耳朵。她抬頭看她，眼裡充滿期待。羽鬚還蹲在貓后旁邊幫忙接生，藍毛屏住呼吸，看見又有一隻小貓撲通掉進青苔。羽鬚舔舔她，抓起頸背，放在豹足的肚子旁，和另一隻初生小貓擺在一起。

「還有一隻要出來。」他喵聲道。

豹足全身顫抖，最後一隻小貓終於落地。「是隻小公貓！」羽鬚開心說道。他舔舔他，放到另外兩隻小貓旁邊。

豹足強撐起身子，舔舔三隻小貓，捷風開心地發出喵嗚聲。藍毛難掩欣喜，總算放下心來，退出育兒室。空地上的貓兒都圍著松星，向他道賀。

「恭喜你！」蛇牙喵聲說。

「這又是一場漂亮的勝仗。」陽落開心說道。

鵜羽卻從藍毛身邊擠過，進去育兒室。

花尾跑向藍毛。「妳看到他們了嗎？」

她點點。「兩隻母的，一隻公的。」

「妳聽到了嗎？」花尾轉身對白眼說道。「兩隻母的，一隻公的。」

消息像風一樣吹開來，空地上溢滿快樂的喵嗚聲。

鵜羽又從育兒室裡蹣跚出來，穿過空地。「別高興得太早，小貓們可能熬不過今晚。」說完便拱起肩膀，消失在羊齒植物隧道的陰影裡，留下警語在身後迴盪，令貓兒們聞之顫慄。

WARRIORS 貓戰士 外傳

本傳之外的精采故事！
聚焦貓兒的成長、本傳事件未竟的始末、部族之間的恩怨情仇。
哪位貓兒讓你念念不忘，你又對哪位貓兒心生好奇？
讀過外傳，相信你將無法自拔地為他們動容！

以下每本定價：399 元

火星的追尋

星族祖靈對火星隱瞞一個天大的祕密，火星必須展開一場危險的追尋，找出久被遺忘的真理，即便這將是他戰士之路的終點。

曲星的承諾

戰士曲顎只因年幼時一個無知的承諾，歷盡掙扎苦痛。在背叛與守信之間，該如何保護他所愛的一切——關於河族族長曲星的一生。

虎心的陰影

當影族陷入滅族危機之際，副族長虎心卻失蹤了，同時失去蹤影的還有雷族戰士鴿翅，他們是否背棄自己的部族，以及堅守的戰士守則？

松鼠飛的希望

神祕貓族是敵是友？松鼠飛與棘星間的矛盾浮出水面，在職責與心中的正義之間，該如何取捨？

WARRIORS

貓戰士 外傳

說不完的故事

關於這些貓戰士一生中不被聲張的祕密插曲。
貓戰士們在生命的分叉點上徬徨、掙扎與思索，
最終選擇了屬於他們自己的道路。

以下每本定價：250 元

說不完的故事 1

誰能確定鼓起勇氣做的抉擇是一條正確的戰士之路？
〈雲星的旅程〉〈冬青葉的故事〉〈霧星的預言〉

說不完的故事 2

不能同時踏行兩條路，貓戰士時時在分叉點上徬徨思索。
〈虎爪的憤怒〉〈葉池的願望〉〈鴿翅的沉默〉

說不完的故事 3

這些貓兒將走上的道路，都是來自他們內心的吶喊與渴望。
〈楓影的復仇〉〈鵝羽的詛咒〉〈烏掌的告別〉

說不完的故事 4

揭開三位雷族貓的神祕面紗，一探富有傳奇色彩的歷程。
〈斑葉的心聲〉〈松星的抉擇〉〈雷星的感念〉

國家圖書館出版品預編目資料

藍星的預言 / 艾琳．杭特（Erin Hunter）著；高子梅、羅金純 譯. -- 初版. -- 台中市；晨星
2010. 07
面；公分. --（貓戰士外傳；1）（貓戰士；25）
譯自：Bluestar's Prophecy
ISBN 978-986-177-392-6（平裝）

874.59　　　　99009748

貓戰士外傳之1 Warriors Super Edition
藍星的預言 Bluestar's Prophecy

作者	艾琳．杭特（Erin Hunter）
譯者	高子梅、羅金純
責任編輯	謝宜真
協力編輯	郭玟君、陳品蓉、呂曉婕、陳涵紀
校對	葉孟慈、呂曉婕、謝宜真
美術編輯	張蘊方
封面插圖	萬伯
封面設計	Sharon陳
創辦人	陳銘民
發行所	晨星出版有限公司 407台中市西屯區工業30路1號1樓 TEL：04-23595820　FAX：04-23550581 行政院新聞局局版台業字第2500號
法律顧問	陳思成律師
初版	西元2010年07月31日
再版	西元2023年03月15日（十六刷）
讀者訂購專線	TEL：（02）23672044 /（04）23595819#212
讀者傳真專線	FAX：（02）23635741 /（04）23595493
讀者專用信箱	service@morningstar.com.tw
網路書店	https://www.morningstar.com.tw
郵政劃撥	15060393（知己圖書股份有限公司）
印刷	上好印刷股份有限公司

定價430元

（缺頁或破損的書，請寄回更換）

ISBN 978-986-177-392-6